KB207200

나눈

달걀배달
하는

농부

나는
달걀배달
하는
농부

김계수 지음

나무를 심는 사람들

찔레꽃은 있는 걸까,
농사꾼이
사라지고 없으면

귀농한 지 어느새 13년째다. 세월의 흐름이 참 빠르기도 하다. 초등학교와 유치원을 다니다 시골로 내려온 아이들은 이제 성인이 되어가고 있다. 곱던 아내 얼굴에도 주름이 생기고 머리는 이미 반백이다. 내 턱밑에도 흰 수염이 몇 개씩 돋고 정수리는 머리숱이 줄어 꽤 허전하다. 햇병아리 농부는 이제 제법 이력이 붙어 농사의 깊은 맛을 조금씩 알 것 같다. 오랜만에 만나는 사람들이 나더러 이제 농사꾼이 다 되었다고 건네는 말이 반갑고 고맙다.

귀농한 직후에 아내에게 농담 삼아 농사꾼의 삶을 담은 책을 내겠다고 한 말이 현실이 되었다. 삶을 바꿔 새로 시작한 모든 일들에 느낌이 새로워 그 감상을 적은 글들과 올 봄에 창간된 〈순천광장신문〉에 연재한 글들을 모아 책 한 권을 꾸밀 수 있게 되었다. 모든 첫 경험들이 그러하듯 설레고 부끄럽다. 서점에 나와 책을 고르는 사람들의 선택만 더 혼란스럽게 하지는 않을까. 귀농을 꿈꾸는 사람들에게 허망한 환상을 심어 주지는 않을까.

어느 해 봄에 일하러 가는 길가의 냇물 위로 작고 하얀 꽃잎들이 천천히 흘러가고 있었다. 언덕에 제멋대로 자란 때죽나무와 찔레가 떨어뜨린 꽃잎이었다. 저녁에 동네 형들과 술 몇 잔을 나누고 귀가하는 길에 차창으로 화려한 찔레향이 스쳤다. 아름답고 행복한 봄날이었다. 그런데 왜 가수들은 찔레꽃을 슬프게 노래했을까. 수수하고 창백한 꽃잎 때문일까. 그 모습에 어울리지 않는 진한 향기 때문일까. 해마다 봄이면 그것들은 여전히 향기를 날리며 꽃을 피우고 꽃잎을 물위로 떨어뜨리겠지만, 보아 줄 농사꾼이 모두 사라지고 없으면 그 꽃들은 있는 것일까 없는 것일까. 관객이 있어 배우가 있듯이 농사꾼은 그렇게 조물주와 짝이 되고 친구가 될 수 있지 않을까.

가축을 돌보고 농사를 지으면서 접하는 모든 사물들이 예고도 없이 갑작스럽게 보여 주는 경이와 슬픔, 아름다움을 써 보고자 했다. 세상에 대한 큰 이상과 원대한 계획 못지않게 삶 속에서 뜬금없이 마주치는 소소한 기쁨과 놀라움이 우리 삶을 이끌어 가는 참된 힘인지도 모른다고 생각했다. 그러한 것들이 없다면 농사꾼의 삶은 얼마나 팍팍할까. 또 나의 어줍은 글들이 메말라 가는 감성을 잠시 적셔 주는 한 바가지 물이 되기를 바라는 것은 과분한 욕심일까.

부끄러운 글을 칭찬하며 출간을 부추긴 이수미 대표, 짧은 만남으로도 맛난 술을 나누고 멋진 사진과 과분한 추천사를 허락하신 윤광

준 선생과 안도현 시인께 깊이 감사드린다.

그러나 이 책의 출간이 가능하게 된 바탕에는 두 여인의 덕과 공을 빼놓을 수 없다. 십 년 가까운 세월을 치매로 고생하시며 지금은 자식을 알아보지도 못하지만 어머니의 헌신과 사랑이 없었다면 내 어린 시절의 행복과 감성은 아예 자라날 수 없었을 것이다. 온정신이 었다면 누구보다도 크게 기뻐하고 칭찬하셨을 것이다. 또 귀농을 꿈 꾸는 많은 사람들이 도시에 내린 닻을 거둘 줄 모르는 아내들에게 발 목이 잡혀 뜻을 이루지 못하는 세상에서 내키지 않은 발걸음으로 나 의 귀농길을 동행해 준 아내 선현숙. 성치 않은 몸으로 힘든 시골 생 활을 버텨 주지 않았다면 농사꾼으로서 나의 새로운 삶은 불가능했 을 것이다. 아린 마음으로 이 책을 두 여인께 바친다.

농소골에서

김계수

차례

6. 에돌아가는 길에서

1.

나는

양계장에서
인생을

보았다

풀과 한 줌의 옥수수로
소박하게 배를 채우고
매일 산고를 감내하면서
맛있는 달걀을 낳다가
종국에는 몸을 고기로 제공하며
그들의 똥오줌과 깃털은
땅을 기름지게 한다.
그러면서도 자신의 공을
밖으로 드러낼 줄 모른다.
인간 세상에서
이 정도의 미덕을 갖춘 사람도
그리 흔치 않을 것이다.

나는
달걀 배달하는
농부

나는 올해로 만 11년째 일주일에 두 번씩 시내의 아파트를 돌며 아내와 함께 달걀을 배달하고 있다. 물론 내가 키운 닭이 낳은 것이다. 중년의 남자가 주부들이 시장이나 목욕하러 갈 때 가지고 다닐 법한 바구니에 달걀을 몇 줄씩 담아 들고 아파트 구내를 돌아다니는 것이 사람들에게 어떻게 비칠까 처음에는 약간 망설여지기도 했다. 오후 서너 시에 달걀을 싣고 집을 나와 밤 열 시를 넘겨야 끝나는 일이다. 추석과 설 연휴만 빼고 그동안 이 일을 한 번도 거른 적이 없으니 지금 생각하면 내가 제법 대견하다.

같은 일을 오래 하다 보니 자주 만나는 사람들이 있다. 택배 일을 하는 사람들은 언제나 바쁘다. 무거운 짐을 두 개씩 들고 승강기를 타고, 그 안에서 배달할 집에 전화를 하고, 계단을 퉁퉁거리며 빠른 걸음으로 내려간다. 명절 때면 물건이 훨씬 많아져 밤늦은 시간에 만난 그들은 대개 녹초가 된 모습이다. 방문 과외 교사들도 바쁘기는 매한 가지다. 항상 종종걸음으로 움직이며, 승강기 안에서 전화기와 컴퓨터를 겸한 기계에 뭔가를 체크하고, 어느 집 엄마에게 전화를 하고, 초인종을 누르며 친근하게 아이의 이름을 크게 부르는 소리는 좀 짠하다. 세탁물을 몇 개씩 한 손에 들고 배달하는 아주머니도 꽤 힘들어 보인다. 긴 옷은 높이 쳐들어야 하고, 무겁다고 해서 바닥에 둘 수도 없다. 배달하려는 집의 문이 잠겨 있으면 나는 현관문 앞에 달걀을 두고 올 수 있지만 그들은 세탁물을 다시 들고 돌아가야 한다.

늦은 시간에 양념 치킨을 배달하는 사람들은 내게 좀 야속하다. 저녁을 먹지 않아 배가 출출한 때에 승강기 안에 번지는 진한 양념 냄새는 내 코에 좀 가혹한 것이어서 일 끝내고 한번 먹어 볼까 하는 충동을 느끼게 한다. 이런 사람들과는 약간의 유대감도 있어 때로는 승강기 안에서 서로의 고충을 잠깐 얘기하기도 하고, 배달을 마치고 같이 내려갈 수 있도록 승강기 문을 붙잡아 주는 배려가 오가기도 한다. 월드컵 경기라도 있으면 이들을 더욱 자주 만나게 되는데, 우리는 아파트 인도를 걸으며 집집에서 갑자기 터지는 함성 소리로 골 소식을 듣는다.

11년 세월이 결코 짧지 않아서 그동안 세상이 많이 변했다. 처음이 일을 시작할 때 코흘리개 초등학생이었던 아이가 지금은 내가 올려 봐야 할 만큼 키가 큰 청년으로, 혹은 군복을 입은 모습으로 달걀을 받기도 하고, 엄마 뱃속에 있던 아이가 어느덧 자라나 현관문을 열어 주기도 한다. 어린아이들은 어른 대신 제가 받겠다고 고집을 피우기도 하는데 떨어뜨리면 깨질 물건을 고사리 손에 안겨 줄 때는 꽤 불안하다.

언젠가부터 아파트 현관문 열쇠가 디지털 번호키로 바뀌기 시작했다. 아이들은 순진해서 한 손으로 번호판을 가리고 번호를 누르면서 한편으로는 뒤에 서 있는 나를 흘낏 쳐다보기도 한다. 전에는 아이들이 줄을 매단 금속 열쇠를 목걸이처럼 가지고 다니다가 집에 와서는 누구의 눈치도 보지 않고 당당하게 문을 열었다. 어른들은 체면이 있어 뒤를 돌아보지 않고 번호를 누르지만 뒤에 서 있는 내가 신경 쓰일 것이다. 나는 내가 거기에 관심이 없다는 것을 인식시키기 위해 주인과 약간 떨어진 곳에서 시선을 다른 곳으로 돌려야 한다.

시간이 좀 더 흘러 새로 지은 아파트들은 공동현관에도 전자호출기를 붙여 진입을 통제하기 시작했다. 아파트 주민과 함께 그 앞에 서면 나는 또 세대 현관문 앞에서처럼 새로운 에티켓을 보여 줘야 한다. 이 새로운 문화는 물론 서울에서 시작되어 지방으로 퍼져나갔을 것이다. 신축 아파트들이 이것을 채용하자 기존의 아파트들도 뒤질세라 이것을 따라 하기 시작했다. 이 전자호출기의 번호를 눌렀을 때 나는 전자음은 낮보다는 밤에 더 크고 자극적이어서 듣기에 그다지 편하지 않다.

이 기계는 우리처럼 밤늦은 시간에 배달하는 사람들에게 특히 불친절한 물건이다. 갈수록 타인과의 접촉을 꺼리는 사람들에게 밤늦은 시간에 호출하는 것도 아주 부담스러운 일일뿐더러 집에 사람이 없으면 관리실을 호출해서 사정을 설명해야 한다. 이런 불편 때문에

비밀번호를 가르쳐 달라고 하는데 내가 묻기도, 주인이 대답하기도 썩 개운한 일은 아니다. 이런 아파트에 달걀을 배달할 때는 소비자의 이름보다는 비밀번호의 숫자와 기호로 먼저 기억되는 경우도 생긴다.

열쇠와 관련된 새로운 기술이 가져온 편리함은 주민과 동행하는 외부인을 민망하게 할 뿐 아니라 아파트의 가격을 높여 주었을지는 몰라도 사람들의 품격까지 높여 주지는 못한다. 그래도 이를 발전이라고 생각하는 사람들은 있을 것이다.

달걀 소비에도
취향은
있는 법

최근에 달걀을 배달하는 세대수를 많이 줄였는데, 얼마 전까지 순천과 벌교에 걸쳐 일주일에 모두 3백 세대 정도에 달걀을 배달했다. 배달 온 달걀을 받거나, 대금 결제, 빈 달걀 용기를 되돌려 주는 일, 달걀의 소비 행태 등에서 세대마다 집주인들의 개성이 드러난다.

초인종을 누르면 금방 안에서 대답이 들리고 바삐 문을 열어 주는 집이 있다. 우리가 늘 시간에 쫓기면서 배달 일을 하는 것을 알고 이를 배려하는 것이다. 월말에 달걀 값을 계산할 때도 잔돈까지 정확하게 준비해 두고 있다가 달걀과 맞바꿈으로써 우리에게 시간을 절약해 준다. 그러다가 엘리베이터가 금방 내려가 버리면 나보다 더 아쉬워한다. 이런 집에서는 대체로 잘 먹겠다거나 감사하다는 말을 듣는데, 모르는 사람이 본다면 달걀을 선물하는 것으로 느낄 수도 있겠다는 생각이 든다. 또 어떤 집에서는 삼겹살을 굽고 있다가 달걀을 받으면서 삼겹살에 소주 한 잔을 얹어 주기도 하고 또 다른 집에서는 소박한 나물 안주에 막걸리를 먹다가 나를 막무가내로 끌고 들어가 막걸리 한 잔에 10여 분 담소를 나누기도 한다. 마음은 바쁘지만 음식을 함께 나누어 먹는 것도 소중한 '일'이다 싶다. 모두 되로 주고 말로 받는 느낌이다.

대부분의 가정에서는 한 주일에 달걀을 한 줄씩 소비한다. 한 줄 반, 두 줄, 석 줄씩, 또는 격주에 한 줄씩 소비하는 집도 있다. 전에는 달걀 10개 한 줄이라는 말이 당연했지만, 요즘은 한 판이나 한 팩이라는 말이 흔해 젊은 사람 중에는 달걀 한 줄이라는 말을 모르는 사람이 많다. 소비사 중에는 10여 년간 한 번도 거르지 않고 매주 한 줄씩 달걀을 받는 집들이 있다. 내가 집에서 달걀 먹는 것을 보더라도 매주 달걀을 10개씩 꾸준히 먹는 것은 정말 쉽지 않은 일이다. 달걀이 남아서 남에게 선물하거나 한꺼번에 삶아서 사람들과 나눠 먹을 때도 있을 것이다. 이런 배려는 묵은 김치맛처럼 제법 긴 세월이 흐른 후에야 드러나는 것이고, 어느 날 갑자기 일어난 일이 아닌지라 감사를 전하기도 애매해서 마음속에 담아 둘 수밖에 없다.

또 어떤 집에서는 달걀이 밀려 있으니 다음 주에 쉬어 달라고 하기도 한다. 가지고 온 달걀을 그냥 돌려보내기 미안한 것이다. 이럴 때는 다음 주에 신선한 것으로 받으시라고 하고 그냥 돌아온다. 굳이 받겠다고 하는 사람도 있다. 언젠가 집에 사람이 없어 현관문 앞에 달걀을 놓고 내려오는데 1층 현관 앞에서 주인을 만났다. 달걀이 밀려 있

다고 다시 가져가기를 원했다. 하는 수 없이 다시 올라가 달걀을 회수해 왔다. 결제도 워낙 깔끔하지 않았던 터라 그 집에는 다시 가지 않았다. 또 초인종을 누르지 말고 현관문 앞에 달걀을 두고 가기를 원하는 집도 있다. 이런 경우는 서로 간에 달걀과 달걀 값이라는 등가물의 교환 이외에 어떠한 부수적인 관계도 필요 없다는 생각이 깔려 있다. 경제적으로 순수하다고 할까.

달걀을 담는 용기는 꽤 고급인 펄프를 원료로 써서 만든 것이라 한 번 쓰고 버리기에는 아깝다. 그래서 자원도 아끼고 쓰레기도 줄이고 생산비도 줄일 생각으로 되돌려 달라고 부탁하는데 대체로 절반 넘게 회수되고 있다. 매주 한 개씩 내놓는 집이 있고, 어떤 집은 한 달치를 모아 주기도 하고 또 어떤 집에서는 대여섯 달을 모아서 한꺼번에 내놓기도 한다. 이 일은 집주인이 달걀 값을 결제하는 방식이나 취향과 매우 닮았다. 비가 오는 날은 달걀 바구니 외에 우산도 들어야 하기 때문에 달걀집이 나오지 않기를 은근히 바라는데, 오히려 더 많이 나오는 것 같다. 단순한 느낌일까. 또 어떤 달걀 배달업체는 달걀이 오염되는 것을 방지하기 위해 빈 용기를 재활용하지 않는다고 선전하는데 지나친 결벽증이거나 위생을 중시한다는 홍보 수단일 것이다.

달걀 대금을 결제하는 방식도 다양하다. 월말 결제를 기본으로 하고 계좌 입금을 부탁했다. 한 줄 값도 외상을 못하고 바로 주려는 사람이 있고, 거의 1년치를 모아서 주면서도 평온한 사람이 있는 반면에 몇 달치 대금을 먼저 입금해 두고 먹는 사람도 있다. 어떤 사람은 무조건 우리가 청구하는 대로 결제하고, 또 40대 이후의 허술한 기억력에 의지하면서 청구서를 미심쩍게 여기는 사람도 있다. 돈을 받는 우리가 생각해도 월말이 이렇게 빨리 찾아오는데, 돈을 내는 입장에서는 오죽하랴 싶다.

이런 차이들은 옳고 그름이나 선악을 가릴 문제가 아니라 기질의 문제가 아닐까 생각된다. 기록을 남길 수 있도록 계좌 입금을 부탁하는데도 굳이 현금을 주는 사람들은 은행 창구를 이용하는 것도 번거로워할 뿐 아니라 전화기나 컴퓨터 같은 기계를 사용해서 결제하는 일을 매우 힘들어한다. 그 점은 나도 마찬가지이다. 수화기 너머로 들려오는 녹음된 소리에 따라 수많은 단추를 정확하게 누르는 일은 내게는 너무 어색하고 힘들어서 한두 번 시도해 보고 포기한 일이다. 하지만 아내는 이 일을 곧잘 해낸다.

내 기준으로는 아파트라는 주거 방식은 모든 생명의 모태인 땅에서 인간을 격리시킨다는 것 외에 기계(승강기)의 도움을 받아야만 '내 집'에 입장이 가능하다는 점에서 전화기나 컴퓨터를 이용한 결제와 비슷한 데가 있다. 내가 아파트를 그다지 좋은 집이 아니라고 생각하는 이유 중 하나다.

기칠운삼,
성칠기삼

지금부터 원고지에 닭을 그려 보려 한다. 눈썰미가 특별히 매서운 사람이나 양계 경력이 오래된 사람이 보면 내가 닭을 잘못 그렸다고 할 부분이 있을지 모르겠지만 10여 년간 별 탈 없이 닭을 키워 왔으니 크게 잘못된 것은 없을 것이다.

우리가 키우는 닭의 품종은 하이라인 브라운이다. 하이라인은 서양의 어느 육종회사 이름이라 하고 브라운은 말 그대로 닭의 깃털 색깔인 갈색을 이름으로 정한 것이다. 우리나라에서 생산된 대부분의 달걀은 이 닭이 낳은 것이다. 산란계는 크게 백색계와 갈색계로 나뉘는데, 갈색계 닭이 백색계보다 체격은 약간 작고, 성격이 덜 까다로워서 키우기에 무난하다. 그러나 옛날에 산란계의 주종이었던 레그혼 같은 백색계 닭이 거의 사라진 것은 이런 특성의 차이보다는 우리나라 소비자들이 겉이 흰 달걀보다 붉은 달걀을 더 선호했기 때문이다.

색깔이 진한 것이 영양적으로 더 좋을 것이라는 막연한 선입견 때문이다.

진하고 화끈한 것을 좋아하는 우리나라 소비자들의 이런 성향은 달걀노른자에도 적용되는데, 노른자가 진한 것일수록 좋은 달걀이라는 생각은 급기야 생산농가들로 하여금 노른자가 거의 붉은색으로 보일 수 있도록 사료에 색소를 첨가하게 만들었다. 그런데 달걀노른자가 붉은 것이 정상이라면 애초에 노른자가 아니라 붉은자로 불리지 않았을까. 지금도 소비자들 중에는 노른자가 진하지 않다는 얘기를 하는 사람이 어쩌다 있는데 노른자의 색깔이 그 달걀의 영양 상태를 나타내는 것은 아니다.

하이라인 브라운이라는 품종의 가장 큰 특징은 암수의 색깔이 확연히 다르다는 점이다. 수평아리는 흰색에 가까운 노란색인데, 나중에 흰색으로 성장하고, 암평아리는 노란색이 섞인 갈색으로 나중에 완연한 갈색이 된다. 옛날에 병아리 감별사라는 꽤 전문적인 직업이 있었는데, 병아리 색을 이렇게 달리하고 보니 부화장에서는 병아리를 감별하는 데 따르는 시간과 비용을 크게 줄일 수 있었을 것이다. 이 품종이 우리나라에 널리 보급된 것은 부화장의 이런 사정도 분명히 작용했으리라 생각된다.

그런데 무정란 농장에서는 수컷이 아예 필요 없고, 유정란 농장에서도 대개 암탉 15마리에 수탉 한 마리가 필요하다 보니 부화장 입장에서는 절반 정도 태어나는 수평아리가 반갑지 않은 존재일 것이다. 그래서 수평아리는 우리에게 공짜로 주거나 학교 앞 문방구에서 아이들 호기심을 자극하며 헐값에 팔려 나가는 신세가 된다.

학교에 있을 때 3년째인가 처음 학급담임을 맡던 날 아침에 나는 목욕을 하고 제법 정갈한 마음으로 출근했던 기억이 난다. 사실 나는 목욕하는 것을 썩 좋아하지 않는다. 내가 처음 양계를 시작하면서 병아리를 받으러 갈 때도 새벽에 일어나 목욕재계하고 조신한 마음으로 전북 고창까지 먼 길을 되도록 잡생각 하지 않고 닭 잘 키우겠다는 일념으로 다녀왔다. 체격이 작은 가축은 워낙 질병에 약하고 기르기 까다롭다는 얘기를 많이 들었기 때문이다. 서너 해 지나면서 닭기르기에 제법 이력이 붙고 별 탈 없이 닭이 크는 것을 보면서 애초에 가졌던 조신하고 정성스런 마음도 슬며시 무뎌져 버렸다.

이때가 가축 기르는 사람들에게는 가장 위험하다. 처음에는 잘 몰라서 겸손한 마음으로 작은 변화에도 긴장하고 경험자에게 물으면서 세심하게 주의를 기울이는데, 어느 정도 안다고 생각하면 방심하는 것이다. 이런 일이 비단 가축 기르는 일에서만 일어나겠는가. 심지가 굳지 못한 범상한 인간이 가진 어쩔 수 없는 나약함일 것이다.

바둑 격언에 기칠운삼(技七運三)이라는 말이 있다. 바둑의 승패를 좌우하는 요인으로 실력이 7이면, 운이 3 정도 작용한다는 것이다. 나는 이 말을 따와 닭 키우는 데는 성칠기삼(誠七技三)이어야 하겠다고 말한다. 가축 잘 기르는 데에는 기술보다 정성 곧 사랑이 더 중요하다는 생각이다. 가축뿐만 아니라 자식 키우고 작물 기르는 일에도 똑같이 적용되어야 할 말이다.

생명 대하는 일에 정성보다 기술이 앞설 수는 없다. 그러나 요즘에

는 뭔가를 키우는 일에도 관련 지식을 습득하는 데 더 열을 올린다.
기술로써 생명현상을 조절하고 통제할 수 있다는 생각이 깔려 있는
것이다. 그러면서 인간은 겸손이라는 미덕에서 점점 더 멀어진다.

물 한 모금 입에 물고
하늘 한 번
쳐다보고

새끼는 다들 귀엽고 사랑스럽다. 어린 병아리도 마찬가지다. 부화장에서 깬 지 하루 된 어린 병아리를 받아 오는데, 첫날 녀석들은 너무 작고 가녀린 모습이어서 안쓰러움을 자아낸다. 눈은 온통 까만색으로 마치 쥐눈이콩처럼 보이는데, 살갗이 너무 얇아 눈을 감아도 검은 빛이 배어 나온 듯 눈자위가 거무스름하다. 열흘 정도 지날 무렵 가까이서 자세히 들여다보면 작고 까만 동공 주변으로 짙은 청회색의 테두리가 나타나고 다 크면 이 테두리는 황갈색으로 변한다.

둥그런 머리끝에는 짧고 앙증맞은 부리가 붙어 있다. 간혹 위쪽 부리 끝에 작고 흰 반점이 붙어서 오는 경우가 있는데, 이것은 부화한 병아리의 부리 끝을 전기인두로 잠깐 지진 흔적이다. 나중에 모이를 골라먹지 못하게 하기 위한 것이다. 보통 마리당 천 원 하는 병아리

값에 이 작업 비용이 30원 정도 추가된다. 디비킹이라 불리는 이 작업은 위쪽 부리의 발육을 더디게 해서 단단하고 길어야 할 위쪽 부리가 오히려 아래쪽 부리 위에 얹힌 모양으로 만든다. 사람으로 치면 옥니처럼 보이기도 하고, 때로는 부리가 한쪽으로만 자라서 위쪽 부리가 옆으로 휘어지는 기형을 유발하기도 한다.

이 우악스런 '문명'의 혜택을 받은 닭은 봄철에 닭들간에 싸움이 심할 때 공격력이 떨어져 경쟁에 약한 닭을 지켜 주는 효과는 있다. 그러나 닭은 먹이 활동을 하면서 발과 부리로 바닥을 후비는 게 본성인데 이 디비킹이라는 작업은 가축을 대규모로 사육하는 인간(사육자)의 편의를 위해 동물의 본성을 억제하고 방해하는 것이다. 마치 집단 사육하는 돼지 농장에서 새끼가 태어나면 다른 돼지를 공격하지 못하도록 송곳니를 잘라 주는 것과 같다.

주황색의 가느다란 발가락은 아직 세상의 때를 묻히지 않아 투명한 느낌으로 반짝거리는데, 발가락 끝에는 우윳빛 발톱이 마치 생선의 작은 가시처럼 박혀 있다. 어떤 병아리들은 다른 병아리의 발가락을 물고 늘어지기도 한다. 온몸이 솜털로 뒤덮인 병아리의 뒷모습을 보면 항문이 어디쯤 붙어 있을까 항상 궁금하다. 항문 부위가 매끈한 곡선인 데다 부드러운 솜털에 똥 묻은 흔적이 전혀 없기 때문이다.

내 눈에 병아리는 물 먹을 때가 가장 귀엽다. 물통에 부리를 잠깐 담갔다가 금방 고개를 높이 쳐들고 눈을 깜박이며 작은 부리를 오물거린다. 짐작컨대 닭의 식도는 먹은 음식물이 입으로 역류하는 것을 막는 장치가 포유류에 비해 딸리는 것 같다. 큰 닭들도 물 먹은 뒤에

고개를 숙이면 방금 먹은 물을 쏟아 낼 때가 있다. 또 소화를 잘 못 시키고 있는 닭의 고개를 조금 숙이고 흔들면 모이주머니에 있는 것들을 다 토하게 할 수 있다.

어린 병아리는 갓난아이들처럼 잠을 많이 자고 기지개도 자주 켠다. 언젠가 병아리가 밥 먹다 앉아서 꾸벅꾸벅 졸다 코방아를 찧는 것을 본 적이 있다. 녀석들의 기지개는 한쪽 날개와 다리를 뒤쪽으로 곧게 쭉 펴는 것이다. 나는 양계를 시작한 첫해에 병아리 칸 옆에 쭈그리고 앉아 한 시간 넘게 녀석들의 노는 양을 구경한 적이 있다. 그때 어머니도 와서 보시고 "이것들 보고 있으면 시간 가는 줄 모르겠다"고 하셨다.

병아리가 집에 온 지 사흘이 지나면 날개 깃털이 맨 먼저 돋기 시작한다. 지금은 닭이 나는 기능이 거의 퇴화되어 길짐승처럼 살지만 애초에는 이들이 날짐승이었다는 증거 중의 하나이다. 닭의 대가리가 전투기의 앞부분처럼 유선형이라는 것과 횃대와 같은 높은 곳에서 잠을 자려는 습성도 닭이 원래 날짐승이었다는 증거이다. 날개 다음으로는 꼬리와 몸통에 깃털이 돋고, 마지막으로 운동과 관련이 가장 적은 머리에 깃털이 나면 한 달이 지난다. 이 시기에 수평아리의 머리에는 벼슬[볏]도 돋기 시작하는데, 짧은 깃털 사이로 솜털이 군데군데 박혀 있는 모습은 여드름이 송송한 사춘기 아이들의 아직 균형 잡히지 않은 얼굴을 떠올리게 한다.

어린 병아리는 어둠을 아주 싫어한다. 해가 저물어 어둠이 조금씩 깔리기 시작하면 낮에 그렇게 잘 놀던 녀석들이 아주 날카로운 소리로 일제히 울기 시작한다. 갓난아기의 자지러지는 울음소리와 많이 닮았다. 이 두 가지 소리는 귀청을 후벼 파듯 아주 요란하고 자극적이어서 특별한 주파수를 갖고 있지 않나 생각된다. 자신들을 보살펴 주는 어미닭이 없는 병아리들은 서로 촘촘히 달라붙어 한 덩어리가 된 뒤에야 비로소 울음을 그친다. 그 소리들은 갓 태어난 어린 생명들이 그들에게 보호가 필요하다는 것을 어미에게 강력하게 전달할 수 있도록 허락한 조물주의 숨결이 아닐까.

병아리를 키우듯
아이를 키웠더라면

세 살 버릇 여든까지 간다는 말이 있다. 어려서 몸에 밴 버릇은 평생을 간다는 말인데, 이 말의 이면에는 사람이 태어나서 세 살까지는 평생을 좌우할 수 있는 버릇이 형성되는 시기라는 뜻도 담고 있다 하겠다.

닭도 마찬가지다. 닭의 일생의 건강은 부화해서 첫 한 달을 어떻게 보냈는지가 결정적으로 중요하다. 이 시기는 이른바 가소성이 가장 큰 때여서 강한 체질을 형성하기가 그만큼 쉽다는 이야기다. 닭의 자연 수명이 4~5년이라는 점을 생각해 보면 닭의 첫 한 달은 사람의 첫 3년과 맞먹는다.

병아리는 바깥에 살얼음이 어는 3월 초에 들이는 것이 가장 좋다. 병아리를 받을 때가 되면 3면과 천장에 왕겨로 단열을 해서 병아리들이 쉬고 잠잘 수 있는 방과 거기에 연결해서 먹고 운동하는 공간을 준비한다. 그래서 병아리가 추위와 따뜻함을 함께 경험할 수 있게 해서 바깥 기온의 변화에 견딜 수 있는 힘을 기르게 한다. 많은 사람들이 병아리 키울 때 당연시하는 전열등은 설치하지 않는다. 그것은 병아리를 24시간 따뜻하게 해서 기온 변화에 적응할 수 있는 힘을 기르지 못하게 하기 때문이다.

병아리가 맨 처음 먹는 것은 물과 멥쌀 현미이다. 소화하기에 가장 어려운 먹이를 줌으로써 소화 능력을 최대한 끌어내려는 것이다. 세상에 나온 지 하루밖에 안되는 여린 병아리가 작은 부리로 쪼아 먹기에는 너무 부담스러운 먹이다. 몇 번을 쪼아야 어쩌다 한 개씩 입으로 들어간다. 밤에 잠자리를 점검할 때 병아리 목 오른쪽 아래에 붙어 있는 모이주머니를 만져 보아 쌀알이 몇 개씩 잡히면 마음이 뿌듯하다. 이놈들의 생존에 대해서는 걱정할 필요가 없다. 반면 모이주머니가 텅 비어 있는 놈들은 대개 2~3일 있다 죽게 되는데 정상적인 상황에서 그 비율은 3% 정도이다.

첫 사흘 동안은 현미만 주고 나흘째부터 보름 동안은 사료의 내용이 복잡하다. 이때부터 입자가 곱고 영양적으로 우수한 병아리용 사료를 준다. 여기에 현미와 삶은 유정란, 잘게 썬 댓잎을 섞어 준다. 삶은 달걀은 강판에 곱게 갈아 주는데, 이것은 포유류의 모유처럼 모체의 영양을 주기 위함이다. 병아리가 가장 좋아하는 먹이다. 준비한 달걀을 갖고 가면 벌써 녀석들은 흥분하기 시작하고, 이것을 던져 주면 마치 물고기 양식장에서 사료를 줄 때 물고기들이 다투어 튀어 오르는 듯한 역동적인 모습을 연출한다. 이 기간에 병아리 한 마리가 달

걀 한 개씩 먹을 수 있도록 한다.

댓잎을 주는 것은 현미를 주는 것과 같은 원리다. 어렸을 때부터 풀을 잘 소화할 수 있는 위장을 만들어 주기 위함이다. 댓잎은 어떤 풀보다도 거칠고 단단해서 소화하기 어려운 먹이다. 신우대 잎은 더 거칠다. 나는 신우대 잎을 네댓 조각으로 찢고 그것을 잘 드는 가위로 실고추 썰듯 곱게 잘라서 준다. 5백 마리가 하루 먹을 것을 준비하자면 두 시간 정도가 필요해서 이때는 잠이 좀 부족하다. 어떤 농가에서는 믹서기에 갈아서 준다는데 나는 그것이 비록 짐승이 먹을 것이라 해도 너무 거칠게 다루는 것 같아 썩 내키지 않는다.

병아리 키우는 공간은 단순해 보이지만 꽤 합리적이다. 폭 90cm의 공간에 나무 울타리를 하고 보온이 되는 방과 정반대편에 물그릇을 두고 사흘마다 그 거리를 석 자씩 늘려 줘서 막바지에는 그 거리가 5m 정도 되는데, 병아리들은 그 거리를 수없이 왕복함으로써 체력을 키운다. 어떤 일없는 사람이 관찰했는지는 몰라도 병아리 한 마리가 하루에 평균 60회를 왕복한다고 한다. 완전히 개방된 공간에 비해 운동량이 훨씬 많을 것이다. 이곳에서 한 달을 채우고 해방될 때쯤이면 녀석들의 날갯죽지와 다리에는 힘이 제법 짱짱하다. 이후의 성장에 대해서는 큰 걱정을 하지 않아도 된다.

나는 병아리를 이렇게 키우면서 두 아이들 키워 낸 것에 대해 항상 아쉬움을 느낀다. 병아리 키우는 과정을 먼저 알았다면 아이들을 좀 달리 키웠을 것 같다. 우리는 대체로 준비가 제대로 안된 상태에서 부모가 되고, 게다가 현대 사회에서는 육아 경험이 많은 윗세대들과 단절되어 살아가면서 아이들에게는 최대한 곱고 부드러운 것, 따뜻한 것, 쾌적한 것 등 '무능력한 존재'에게 필요하다고 판단되는 최상의 것으로 채워 주려 한다. 그러나 병아리 크는 과정은 서투른 부모의 애지중지가 꼭 능사도 최선도 아니라는 것을 보여 준다. 아이 키우는 데에도 생명의 경이에 대한 믿음을 바탕으로 한 역발상이 필요하다.

다리가 튼튼해야
알을 잘 낳지

식물에게뿐 아니라 동물에게도 주거지를 옮기는 것은 가장 큰 스트레스 중 하나이다. 닭도 마찬가지여서 좁은 병아리 칸에서 벗어나 그들이 평생을 살게 될 넓은 우리로 옮겨 놓으면 처음에는 매우 당황하고 어리둥절해 한다. 조금만 지나면 넓은 공간에서 자유를 만끽하려는 듯 힘찬 날갯짓을 하고 호기롭게 뛰어다니지만 어두워지면 새로운 잠자리가 익숙지 않아 보통 3일 정도는 처음 우리 집에 왔을 때처럼 날카롭고 요란하게 울어 대다가 잠이 든다. 따라서 병아리는 그들이 평생을 살아갈 우리에서 처음부터 키우는 것이 가장 좋다.

큰 닭 우리로 옮겨진 병아리는 석 달 후에 산란을 시작할 때까지 몇 가지 환경의 변화를 거쳐야 한다. 체격이 커짐에 따라 사료도 입자가 굵은 것으로 두어 번 바뀌어야 하고, 체격에 걸맞게 먹이통의 크기도 중병아리용, 큰 닭용으로 달라져야 한다. 그런데 이러한 변화는 항상 천천히, 점진적으로 이루어져야 닭이 스트레스를 받지 않는다. 우리 닭장에는 한 칸에 먹이통이 4조 2열로 여덟 개가 들어 있는데, 이것을 바꿀 때는 하루에 두 개씩 나흘에 걸쳐 바꿔 준다. 바꾸는 과정에서 닭들은 새로운 먹이통을 피하고 예전의 익숙한 먹이통에서 주로 먹기 때문에 이 기간에는 사료의 섭취량이 약간 줄어든다. 사료를 바꿀 때도 마찬가지다. 사료를 섞을 때 일주일 정도 기간을 잡아 이전에 먹던 사료와 새로운 사료의 배합 비율을 조금씩 바꿔 가면서 대체해야 닭들이 새로운 사료에 무리 없이 적응한다.

이 시기에 닭들이 반드시 해내야 할 또 하나의 숙제는 횃대에 올라가서 자는 것이다. 병아리가 55일 무렵이 되면 남북으로 긴 직사각형 모양을 한 우리의 북쪽 끝에 횃대를 설치한다. 보름 정도 지나 횃대에 익숙해지는 70일 무렵 병아리들이 저녁 잠자리를 잡으려 할 때 막대기를 들고 들어가 횃대에 올라가서 자도록 유도한다.

그러나 닭은 세상에서 가장 고집스러운 동물 중 하나이다. 그동안 뒤쪽보다는 좀 더 밝은 앞쪽 바닥에서 자던 녀석들을 어렵사리 막대기로 몰아 횃대에 올려놓고 옆 칸으로 가면 우르르 내려와 예전에 잠자던 앞쪽으로 기를 쓰고 몰려가려 한다. 밤눈이 어두운 닭들이 더 이상 움직이지 않을 때까지 이런 씨름을 반복해야 한다. 이 과정을 날짜를 거르지 않고 닷새 정도 해야 웬만큼 습관을 바꿀 수 있다.

닭이 횃대에서 자는 습관을 들이는 것은 이후 닭의 건강과 산란에 매우 중요하다. 발가락의 힘만으로 횃대를 붙잡고 자기 때문에 다리에 힘이 길러진다. 사람들은 닭이 마치 똥 누듯이 힘들이지 않고 알을 낳을 것으로 생각하기 쉽지만 자세히 보면 엉덩이를 바닥에 거의 붙이고 상체를 위로 세워서 꽤 긴 시간 힘을 쓰는 것을 볼 수 있다. 이때는 닭의 붉은 얼굴이 더욱 붉어지고 때로는 알을 낳는 순간 끙 하는 신음을 내는 것도 보았다.

닭의 산란도 엄연한 출산 행위로서 다리가 튼튼해야 알을 잘 낳는다. 닭이 바닥에서 잘 때에는 가슴으로 몸을 지탱하기 때문에 다리 힘을 기를 수 없다. 또한 홰대에 오르는 버릇이 늦은 닭은 나중에 알을 산란상자가 아닌 바닥에 낳기 쉬운데, 그런 경우 붉은 항문이 다른 닭에게 노출되어 공격당할 가능성이 높다.

홰대에 올리는 또 하나의 이유는 닭의 분뇨로 인해 바닥에서 올라오는 가스 때문이다. 닭장에 들어가 쪼그리고 앉아 닭의 코 높이에서 냄새를 맡아 보면 가스를 느낄 수 있는데, 심한 경우 눈이 매울 때도 있다. 바닥에서 40~50cm 높이에 설치되는 홰대는 가스로부터 닭을 어느 정도 보호해 주는 역할을 한다.

닭이 변화를 받아들이는 과정을 보면 생명체들에게 환경의 급격한 변화는 결코 바람직한 것이 아니라는 생각이 든다. 인간 사회도 마찬가지일 것이다. 나도 20대 때는 혁명이라는 말에 가슴이 설레던 적이 있었다. 요즘 세태에서는 전혀 실감할 수 없지만 청년 시절에는 누구나 한번쯤 혁명가가 된다고 했다던가. 그러나 급격한 사회체제의 변화는 아무리 훌륭한 선의의 외피를 두르고 있다고 해도 구성원 각자가 자신의 의지로 선택한 것이 아니라면 그것은 유토피아로 가는 길이 아니라 개인에게는 폭력일 수 있다. 역사상 어떤 정책이나 제도가 그것이 관할하고자 하는 테두리 안에서 목표로 하는 인간의 변화를 완벽하게 이루어 낸 것이 있었던가.

요즘 중국에서는 '위에 정책이 있다면 밑에는 대책이 있다'는 말이 있다고 한다. 이성을 갖지 못한 동물들은 환경의 급격한 변화를 받아들일 수 있는 여지가 극히 제한적이지만 인간은 이성에 의해 그 폭을 훨씬 넓힐 수 있을 것이다. 좋은 삶, 좋은 세상을 위해서는 앞서 가는 사람들의 기획도 중요하겠지만 그보다는 구성원 모두의 각성이 우선이지 않을까.

닭들의
로맨스

         암평아리가 커서 발정이 오면 따로 키우던 수탉을 암탉 칸에 합사한다. 이때 암탉들이 보이는 반응은 호기심과 경계심이 반반씩 섞여 있다. 닭은 신참에 대한 텃세가 어떤 동물보다 심한 편이다. 암탉들은 처음에 수탉을 껄끄러운 침입자로 여겨서 피하거나 기가 센 놈은 결기를 세우고 수탉과 겨뤄 보려 하지만, 덩치가 크고 힘이 센 수탉의 무력시위에 금세 제압당한다.

    낯선 방에 들어온 수탉들도 처음에는 짝짓기보다는 암탉들을 우선 힘으로 제압하기 바쁘다. 이때 기가 약한 수탉은 떼로 몰려드는 암탉들에게 기세가 눌려 슬금슬금 피해 다니는 경우도 있다. 이런 놈들은 수탉 후보군 중에서 벼슬이 크고 체격이 당당해 보이는 놈으로 교체해야 한다. 양계 첫해에는 빈칸에 선발된 수탉과 그보다 수가 적은 암탉을 넣어서 짝짓기 훈련을 시켰는데, 이 암탉들은 나중에 닭 구실을 못할 정도로 시달려서 이후에는 그 훈련을 하지 않았다.

짝짓기는 수탉들이 방 안의 분위기를 장악하는 2, 3일 후에나 이루어진다. 그때까지 암탉들은 수탉 앞이 아닌 내 앞에서 발정 난 자세를 취하는데, 크고 강한 수컷에 대한 본능적 선호가 있지 않나 생각된다. 그러면 나는 쫙 벌린 날개를 손바닥으로 눌러 주거나 닭의 성감대로 보이는 항문 아래(사람으로 치면 단전에 해당하는) 말랑말랑한 부분을 손으로 만져 주면 짝짓기한 후의 몸짓을 한다. 오르지 못할 나무는 쳐다보지도 말라는 속담을 닭에게 가르칠 도리는 없다.

처음 짝짓기를 시도하는 수탉들의 서투른 모습은 밖에서 지켜보기에 민망스러운 경우가 많다. 발정 난 암탉의 날개 위로 올라서서 암탉의 뒷덜미를 부리로 물고 짝짓기를 시도하지만 앞으로 고꾸라지기도 하고, 시샘하는 다른 수탉의 방해를 받기도 한다. 전에는 짝짓기라는 말 대신 교미라는 말을 많이 썼다. 닭의 짝짓기를 보면 수탉의 구부리는 꼬리와 암탉의 추켜올리는 꼬리가 같은 방향에서 부딪히는 것을 한 번도 보지 못했다. 둘 사이에 모종의 신호가 오갔을 것이다. 그래서 나는 동물에게 짝짓기라는 직설적 표현 못지않게 한자어로 된 교미라는 은유적 표현도 꽤 운치가 있는 말이라 생각한다.

수탉이 암탉에게 구애하는 행동을 보면 홍학의 수컷이 암컷의 환심을 사기 위해 우아한 춤을 추는 듯한 로맨틱한 모습은 볼 수 없다. 기껏해야 먹잇감이 될 만한 것을 물었다 놓았다 하면서 레너드 코헨과 같은 중저음 목소리로 꾹꾹거린다. 배려와 아량, 중후함이 가득 담겨 있는 목소리다. 그러면 암탉 몇이 달려와 먹는다. 가끔 꽤 많은 수 닭들이 작은 나무 막대기나 돌맹이 같은 가짜 먹잇감으로 암탉들을 유혹하는 경우도 있는데, 목소리와는 전혀 어울리지 않는 얌체 같은 행동이다. 물론 달려온 암탉들은 실망해서 금방 돌아선다.

수탉들은 행동보다는 외모와 소리로 암탉들에게 자신의 존재를 드러낸다. 수탉의 외모를 보면 횃불처럼 타오르는 듯한 머리 위의 벼슬과 부처님의 귀처럼 길게 드리워진 턱벼슬[아랫볏], 부리부리한 두 눈, 길게 포물선을 그린 꼬리 깃털 등 말 그대로 위풍당당이다. 닭의 벼슬은 건강과 성적 활력을 나타내는 지표와 같다. 색깔이 선홍색으로 선명하고 크면 건강한 것이고, 이런 암탉들은 알도 잘 낳는다. 몸에 병이 있으면 벼슬의 색깔이 자주색으로 어둡고 영양이 부실하면 크기가 위축되고 백태 같은 것이 낀다. 벼슬의 상태가 이런 암탉들은 십중팔구 알을 낳지 않아 항문이 쫄아들어 있다.

수탉이 '꼬끼오' 하고 길게 홰를 치는 소리 또한 암탉에게 자신의 존재를 과시하는 것이다. 수평아리가 생후 90일 정도 되면 홰를 치기 시작하는데 처음에는 소리도 탁하고 짧다. 장성한 수탉들의 홰치는 소리는 톤도 높고 끝을 길게 끌며 청아하다. 한낮에도 한 마리가 울기 시작하면 모든 수탉들이 따라서 울고 서열이 낮은 수탉의 홰치는 소리는 강한 수탉의 방해를 받아 중간에 끊기기도 한다.

닭은 일부다처형이어서 수탉 한 마리가 암탉을 15마리 정도 거느릴 수 있고 한 번의 짝짓기로 암탉은 일주일 정도 수정된 알을 낳는다. 짝짓기는 닭들이 활동하는 낮 시간에 수시로 이루어지지만 사료를 주고 나면 더 활발하다. 사료를 먹느라 머리를 숙이고 엉덩이를 쳐든 암탉들의 뒤태에서 수탉들이 매력을 느끼는지 모르겠다. 노련한 수탉들은 독재자처럼 예고도 없이 암탉들의 등 위로 성큼성큼 걸어 올라 짝짓기를 하는데 먹이를 입에 물다 짝짓기를 당한 암탉들은 생 뚱한 표정으로 눈을 내리깔고 몸을 좌우로 부르르 떨며 흐트러진 깃 털을 가지런히 한다. 마치 어느 팔자 센 여인네가 "오늘도 모진 놈 만 나서 돌베개 베어 버렸네. 내 신세가 그렇지 뭐" 하며 체념하는 듯한 표정으로 옷맵시를 추스르는 것 같다.

2.

먹고 먹이는
생명이

아름답다

중요한 것은
나에게 생명을 내준
그것들에 깊이 감사하면서
나 또한 다른 이들에게
기꺼이 내 생명을
내주고자 하는 마음이다.
우리가 부모에게서
받은 사랑을
자식에게 되돌려 주듯이.
물이 끝없이
아래로 흘러가듯이
자연스럽게.

짐승을 대하는
최소한의 에티켓

　　　　　　　　　　　　　닭은 넉 달 정도 키우면 알을 낳기 시작한다. 부화해서 백 일 무렵이 되면 암탉의 벼슬이 조금씩 커지기 시작하고 색깔도 더욱 붉어진다. 얼굴도 붉어지기 시작하는데 초경을 시작할 무렵의 여자아이들 얼굴이 복사꽃처럼 화사해지는 것과 같은 생리적 변화를 겪는다. 어떤 신심이 깊은 성당의 자매님이 와서 이 모습을 보고 하느님의 섭리를 떠올리기도 했다.

　이때에 내가 모이통을 들고 들어가면 날개를 약간 벌리고 바닥에 달라붙어 바들바들 떠는 동작을 하는 녀석들이 생긴다. 큰 죄를 짓고 석고대죄 하는 듯한데, 이때는 몸이 많이 경직되어 발로 건드리면 몸뚱이가 굴러갈 것 같다. 나는 맨 처음 닭의 이런 행동을 보고 당황스러웠는데, 발정이 온 것이었다. 수컷을 받아들일 준비가 되었다는 뜻이다. 그러면 따로 키우던 수탉을 암탉 15마리당 한 마리 비율로 합사

한다.

부화장에서 주는 안내 책자에는 이 품종의 닭은 126일 만에 초산을 시작한다고 되어 있다. 그러나 산란을 시작하는 시기는 닭에 따라 편차가 커서 모든 닭이 알을 낳는 데는 이 날짜 전후로 대개 한 달이 걸린다. 닭이 초산을 시작해서 보름 정도 기간에 낳는 달걀을 초란이라 한다. 보통 달걀 무게의 2/3 정도 되는데 꿩알처럼 아담하게 예쁜 모양이다. 단단하고 탄력도 좋아 특별히 이것을 선호하는 소비자들이 많다. 내가 먹어 봐도 닭이 일생 동안 낳는 알 중에서 맛이 가장 좋다. 이 시기에 낳는 달걀 중에는 노른자가 두 개 들어 있는 쌍란이 특히 많다. 생리적으로 가장 활성화된 시기라서 그러는 건지 아직 산란 초보라서 실수가 많은 탓인지 잘 모르겠다.

걸어가면서 알을 흘리듯 낳는 녀석들도 있지만 대부분의 닭들은 알을 낳으면서 상당한 산고를 겪는다. 산기를 느끼면 행동이 둔해지면서 땅에서 70cm 높이 합판으로 지어 놓은 산란상자로 들어가 한참을 앉아 있다가 마지막 순간이 되면 일어서서 상체를 거의 수직으로 세우고 엉덩이를 바닥에 가까이 댄 상태에서 여러 번 힘을 써야 된다. 이 자세는 알이 바닥에 떨어지면서 깨지는 것을 막는 부수적 효과도 있지만 알을 보다 수월하게 낳기 위한 본능적인 자세이다.

오늘날 병원에서 아이를 출산할 때 요구하는 자세가 중력의 법칙을 거스르는 것으로 산모를 훨씬 힘들게 한다는 것을 생각해 볼 일이다. 때로 거의 주먹만 한 알을 낳는 닭이 있는데, 이때는 항문이 찢어지게 되고 이것이 반복되면 항문이 딱딱해져서 알을 밖으로 배출하지 못하고 고통스럽게 헛힘만 쓰는 경우도 있다.

오전 열 시 무렵 알을 수거할 때에 산란상자의 문을 갑자기 열면 산란중인 닭들은 짜증을 내거나 놀라서 밖으로 뛰쳐나가기도 한다. 이를 방지하기 위해 문을 열기 전에 노크를 두세 번 하고 나면 닭들의 반응이 훨씬 누그러진다. 짐승을 대하는 데에도 최소한의 에티켓이 필요하다. 알을 꺼낼 때 어떤 닭은 날개를 들어 품 아래 있는 알을 꺼내는 데 협조하는 듯 순한 닭이 있고, 어떤 녀석들은 내 손등을 콕콕 쪼아 대며 앙탈을 부리기도 한다. 나는 늘 짐승에게도 개성이 있다고 생각하는데, 어쨌든 녀석들 눈에 나는 오갈 데 없는 알 도둑일 것이다.

양계 10년이 넘은 지금도 신기한 것 중 하나는 알이 몸속에서 금이 가거나 구멍이 뚫린 흔적이 있는데, 금이 간 알은 아파트 외벽 도색하기 전 접착제로 틈을 메운 것처럼, 구멍은 접착제 한 방울을 그 자리에 정확하게 떨어뜨린 모양을 하고 나온다. 그 작은 몸 안에서 일어나는 이런 신비를 무엇으로 설명할 수 있을까. 언젠가 도자기 하는 친구의 전시회를 보고 나오면서 나도 이런 특이한 달걀을 모아 전시회를 해도 되겠다고 생각한 적이 있다.

사람들은 좀 아둔하게 행동하는 사람을 '닭대가리'라 부른다. 사실 닭은 썩 영리하지도 않을뿐더러 매우 고집스럽기도 해서 낮은 지능을 조롱하는 데에 그 이름이 쓰인다. 그러나 닭은 그 지능으로도 사람들에게 매우 유익한 먹을거리를 제공하면서 제 목숨을 유지하고 자손을 번식시키는 데도 아무런 부족함이 없다. 세상을 멍들고 혼란스럽게 하는 것은 닭의 낮은 지능이 아니라 유전공학이나 핵 발전 같은 기괴한 것을 고안해 낸 인간의 지나치게 높은 지능이다.

닭은 풀과 한 줌의 옥수수로 소박하게 배를 채우고 거의 매일 산고를 감내하면서 맛있는 달걀을 낳다가 종국에는 몸을 고기로 제공하며 그들의 똥오줌과 깃털은 땅을 기름지게 한다. 그러면서도 자신의 공을 밖으로 드러낼 줄 모른다. 인간 세상에서 이 정도의 미덕을 갖춘 사람도 그리 흔치 않을 것이다.

힘센 놈,
기센 놈,
애당초 약한 놈

동네 할머니들은 '닭 손님은 못 본다'고 말한다. 그만큼 닭은 무리에 새로 들어온 닭에 대한 텃세가 심하다. 실제로 우연히 다른 칸의 수탉이 옆 칸으로 들어간 경우 싸움이 일어나는 데는 1분도 걸리지 않는다. 암탉도 마찬가지이기는 하지만 수탉은 특히 외부의 침입자에 대항해서 무리를 지키려는 본능이 매우 강하다. 가끔 농장에 견학 온 사람들이 달걀을 수거하러 우리 안으로 들어간 경우 수탉에게 공격당하는 경우가 많다. 어린아이나 여자들은 더 쉽게 공격당한다. 상대의 기를 가늠하는 모양이다.

가끔 주인인 나한테도 대들다가 혼쭐이 나기도 한다. 안에서는 가만있다가도 내가 밖으로 나오면 철망 안에서 밖을 향해 공격적인 자세를 취하는 허세를 부리는 놈도 있다. 조금만 더 지체했으면 자기가 가만두지 않았을 거라는 듯해서 내가 다시 들어가면 언제 그랬느냐는 듯이 조용하다.

　수탉의 싸움 본능은 50일 무렵 병아리 때부터 나타나기 시작한다. 우리 안을 달리다 다른 병아리와 부딪히면 바로 목 깃털을 세우고 전투 자세를 취한다. 이때는 힘센 놈이 군밤을 주듯이 상대의 대가리를 가볍게 한 번 쪼는 것으로 상황은 끝난다. 하지만 다 큰 수탉들의 싸움은 맹렬하다. 무협지에 등장하는 고수들의 대결처럼 목 깃털을 우산처럼 세우고 목을 수평으로 뉘여 고개를 까딱거리며 서로를 겨누다 날개를 퍼덕거리며 동시에 튀어 올라 상대의 벼슬을 물고 늘어진다. 정공법 대신 치고 빠지는 게릴라 전술을 쓰는 놈도 있다. 힘은 좀 기울어도 기가 센 놈은 한 합을 겨루고 도망치듯 우리를 빙 돌아 또다시 공격하기를 반복한다. 이렇게 한 시간 이상 싸우는 것도 보았다. 결국에는 처음의 힘센 놈이 패퇴하고 기 센 놈이 승리한다. 사람으로 치면 악바리 근성으로 상대의 기를 질리게 하는 놈이다.

　수탉들의 치열한 싸움은 피투성이가 된 채로 끝나는 경우가 많다. 얇은 턱벼슬이 찢기기도 하고 벼슬과 하얀 목 깃털에 선혈이 낭자한 가운데 두 눈만 여전히 형형하게 반짝거리는 것을 보면 진 놈이나 이긴 놈이나 비장하고 처연하기까지 하다. 닭의 공격 무기는 부리뿐만이 아니라 날개를 접었을 때 뼈가 구부러진 부분, 즉 사람의 팔꿈치에 해당하는 부위도 쓰인다. 싸우면서 날개를 퍼덕거리는 것은 이 날개 뼈로 상대를 가격하는 것이다. 나도 이 공격을 한 번 받은 적이 있는데, 마치 망치로 얻어맞은 듯 묵직한 통증이 꽤 오래 지속되었다.

　수탉들 간의 싸움은 우리 전체를 무대로 이루어지기 때문에 암탉들이 먹이를 먹다 놀라서 피하기도 하고, 대여섯 마리가 함께 뒤엉킨 집단난투극으로 발전하기도 한다. 싸움이 끝났을 때 뒤끝이 없는 놈은 크게 홰를 한 번 쳐서 자기가 승리자임을 알리고 상황을 끝내는 데 반해, 상대를 끝까지 뒤쫓아 다니며 괴롭히는 놈도 있다. 그러면 진 놈은 종국에 구석에 대가리를 처박고 애처로운 비명을 질러대는데 이런 수탉은 암탉들에게도 경멸을 당해 그 우리에서 계속 살아갈 수 없다.

다른 수탉이 강해지는 것을 견제하기 위해 먹이 먹는 것을 방해하기도 하지만 수탉들 간의 갈등은 암탉을 차지하는 문제에 집중된다. 낮은 서열이 짝짓기를 하면 옆에 있던 높은 서열이 그 수탉의 뒷덜미를 쪼아서 짝짓기를 못하게 하거나 옆구리로 밀쳐 내고 대신 자기가 짝짓기 하는 일은 다반사다. 언젠가 짝짓기 하다가 뒷덜미를 쪼인 수탉이 고개를 들자 이를 공격한 수탉이 상대의 얼굴을 확인하고는 깜짝 놀란 표정을 지으며 뒷걸음질 하는 것을 보았다. 서열이 한참 높은 놈을 본능적으로 공격해 버린 것이다. 서열이 낮은 놈은 암탉들에게 자신의 존재를 과시하는 홰치는 행동도 함부로 하지 못한다. 인간 세상에서 성욕은 많은 범죄의 배경이 되지만 닭들에게서도 이 본능적 욕구는 서열의 고하를 막론하고 고통의 주된 원인이다.

암탉들 간의 갈등과 싸우는 양상은 수탉의 경우와는 사뭇 다르다. 수탉들처럼 겨누는 자세 없이 짧은 시간에 정신없이 상대의 대가리를 쪼아 댄다. 여자애들이 머리채를 붙잡고 싸우는 드잡이를 연상케 한다. 암탉들의 싸움은 대체로 30초를 넘기지 않고 금방 끝나는데,

이긴 놈은 목을 곧고 길게 세우고 오만한 눈빛으로 좌우를 천천히 둘러보면서 위엄을 과시한다.

암탉들 간의 갈등은 싸움보다는 힘이 약한 한 마리를 집단적으로 괴롭히는 모습으로 주로 나타난다. 힘이 약한 것으로 드러난 암탉은 도처에서 모든 암탉의 공격을 받기 때문에 먹이를 먹지도 못하고 도망 다니기에 바쁘다. 무리에서 한 번 찍힌 암탉은 사료를 먹지 못해 몰골이 초췌할 뿐 아니라 제가 먼저 낑낑거리며 약한 모습을 보이고 자세를 낮춘다. 사람들 중에는 신체적인 결함을 가지고도 정신과 영혼의 고결함으로 위엄을 간직하는 경우가 많지만 힘이 약한 동물에게서 그것을 기대할 수는 없다. 수탉들은 이런 암탉을 공격하는 데 가담하지는 않지만 싫어한다. 이런 닭을 빨리 격리시키지 않으면 깃털이 다 뽑히고 가죽을 벗겨 놓기도 한다.

또 암탉들은 특이한 색깔 특히 붉은색에 대한 공격 본능이 매우 강하다. 양계 초창기에 어느 칸에 닭들이 갑자기 웅성거리고 분위기가 뒤숭숭해서 보니 닭들이 커다란 지렁이 같은 것을 물고 다니는 것이었다. 들어가 보니 암탉 한 마리가 반쯤 눈을 감은 채 숨을 헐떡거리고 있었는데, 항문 부위가 시커멓게 뻥 뚫려 있었다. 그 닭은 바닥에서 알을 낳다가 붉은 항문이 다른 닭에게 노출되어 쪼이게 되고 나중에 내장까지 뜯긴 것이었다. 주변을 보니 많은 암탉들의 부리에 피가 묻어 있었다.

암탉들의 이런 행동은 일조량과 기온이 올라서 생리적·신체적 활동이 활발해지는 봄철에 주로 나타난다. 이 시기는 자연 상태에서라면 닭의 번식철이라서 신경이 날카로워지고 공격 성향이 더 강해지기 때문이다. 이때는 부리와 벼슬에 피를 묻힌 놈들을 골라 시멘트 벽돌에 부리를 피가 나도록 갈아 준다. 이런 징벌을 받고도 다른 닭의 항문을 일삼아 기웃거리며 노리고 다니는 암탉은 공격을 주도하는 놈으로 제거하지 않을 수 없다.

'꼬끼오'와
'꼬꼬댁'

대부분의 사람들에게 닭의 소리란 수탉이 홰치면서 내는 '꼬끼오'와 암탉이 알 낳고 내는 '꼬꼬댁'이다. 그런데 실제로 닭은 매우 다양한 소리로써 서로 소통한다. 닭이 60~70일 정도 자라면 변성기가 시작되는데 사람의 변성기 때처럼 목소리가 갈라지고 쉰 듯해서 안정감이 없다. 닭들도 사람처럼 이 시기를 계기로 몸에 변화가 시작된다.

닭이 내는 소리는 변성기 이전의 병아리 적 소리를 계산하지 않더라도 줄잡아 15가지가 넘는다. 사료를 주기 전에 배가 한창 고플 때 내는 소리에는 밥을 빨리 주지 않는다는 불만과 짜증이 묻어 있다. 철부지 아이들이 부모에게 떼를 쓰거나 조르면서 칭얼대는 소리 같다. 이때 내가 사료를 섞느라 삽으로 시멘트 바닥을 긁는 소리가 들리면 이 짜증 섞인 소리는 더욱 커진다. 우리가 맛난 음식을 보면 시장

기를 더 느끼는 것처럼 내가 삽질하는 소리는 닭들을 더 조급하게 만드는 모양이다.

먹이통이 비어 있는 병아리에게 사료를 주고 나면 마치 작고 깨끗한 자갈이 깔린 도랑에 맑은 물이 흘러가는 듯한 경쾌한 소리가 들린다. 닭에게서 듣는 가장 기분 좋은 소리 중 하나다. 무더운 날씨에 날개와 입을 벌리고 헉헉대면서 내는 소리는 오리가 꽥꽥거리는 소리와 비슷한데, 한낮에 축사 내부와 앞마당에 물을 뿌리는 것 말고 따로 해줄 것이 없는 나를 무척 안타깝게 한다.

어른들이 '닭이 알노래를 한다'고 멋지게 표현했듯이 모든 것이 만족스런 상태에서 나는 듣기 좋은 소리도 있고, 내가 살짝 닿기만 하는데도 꽥 하며 엄살이 섞인 비명 소리도 있다. 수탉이 암탉을 먹이로 유혹하는 소리, 싸움에서 패주하는 수탉의 절망적인 비명 소리, 급수기가 잘못되어 오랫동안 물을 먹지 못했을 때 나는 메마르고 조급한 소리, 배고픈 때에 먹이를 급하게 먹다 목이 막혀 캑캑거리는 소리도 있다. 생쥐 같은 살아 있는 동물이 닭장 바닥을 돌아다닐 때 흥분해서 웅성거리는 소리도 특이하다.

그러나 무엇보다 닭이 외부 상황에서 불안을 감지하거나 위험에 처했을 때 내는 소리가 가장 다채롭다. 그것은 닭이 동물들의 먹이사슬에서 포식자가 아닌 그 반대편에 위치하기 때문일 것이다. 위험이 다급한 것인지, 또는 은밀한 것인지에 따라 닭이 반응하는 소리와 크기는 다 다르다. 초창기에 닭이 감기에 걸려서 한밤중에 닭의 숨소리를 듣기 위해 조용히 닭장에 다가갔을 때는 마치 날카로운 것으로 철판을 긁는 듯한 고음의 음산한 소리가 들렸다. 나의 조용한 발소리가 기분 나빴던 모양인데 닭한테서 처음 듣는 소리였다.

군용 전투기가 낮게 떠서 굉음을 뿌리고 날아가거나 지나가는 자동차의 유리창에 반사된 햇빛이 닭장 안을 날카롭게 훑고 지나갈 때, 또는 끈이 풀린 개가 흥분해서 닭장 앞을 뛰어 다니면 닭들은 경악한다. 이때는 모든 닭들이 목청을 최대로 끌어올려 일제히 꼬꼬댁거리고 오랫동안 울어 댄다. 그 소리는 온 동네에 쩌렁쩌렁 울려 퍼져서 나는 동네 사람들에게 미안해진다.

이런 경우에는 닭들이 닭장 한쪽 구석으로 한꺼번에 몰려 맨 밑에 있는 놈은 압사당할 때도 있다. 또 까치 같은 새가 닭장 위를 낮게 날아오르면 꾸룩 하며 비둘기 울음소리 같은 것이 들린다. 이때는 닭 무리 안에서 작은 술렁임이 일다 이내 잠잠해진다. 언젠가 친지 한 분은 닭장 근처에서 두어 시간 동안 우리 일을 도와주시면서 닭은 '꼬꼬댁'이라고 하는 줄만 알았는데 참 다양한 소리를 낸다고 새삼스러워한 적이 있었다.

나무나 들풀, 들꽃, 곤충 들의 이름을 참 잘 기억하는 사람이 있다. 나는 집 앞에 심어 놓은 꽃의 이름을 여러 번 듣고도 기억하지 못하고 별꽃이라고 내 마음대로 불러 버릴 만큼 그런 일에 둔하다. 이전에 만났던 사람의 이름도 제대로 기억해 내지 못해 민망할 때가 많은 나로서는 꽤 부러운 재능이다. 사람의 이름에는 그 집안의 역사와 가족의 소망이 담겨 있어 분명한 독자성이 있다. 그러나 풀, 나무, 벌레 등의 이름은 각각의 개체에 대해서가 아니라 해당되는 종 전체에 붙여

진 것일 뿐이다. 게다가 그것은 사람이 소통의 편의를 위해 지어 준 것으로 그 종의 고유한 속성을 드러내 주지도 못한다.

그런데 사람들은 풀이나 벌레를 만났을 때 그 종의 이름을 전에 배워 알고 있는 것이라면 은연중에 그 종 자체에 대해서 알고 있는 것으로 인식하곤 한다. 유치원 훨씬 이전부터 수없이 반복해서 본 그림책과 학교에서 배운 교과서 덕분이다. 그러나 우리가 어떤 생물을 이미 알고 있다거나 익숙하다고 생각하면 그 대상이 보여 주는 생생함에 빠져들기가 쉽지 않다. 다시 말하면 우리가 어떤 생명체가 보여 주는 신비와 경이에 빠지는 데에는 대상에 대해 생소하고 낯선 상태가 오히려 더 도움이 된다.

언젠가 묵정밭 가를 지나는데 개구리 한 마리가 역동적으로 뛰는 것을 보았다. 지상에서 1m 이상 튀어 오른 것 같았다. 그놈 참 힘이 장하다고 감탄하면서 뒤를 보니 꽃뱀 한 마리가 모가지를 곧추 세우고 혀를 날름거리며 개구리를 찾고 있었다. 개구리라는 이름은 실제의 개구리와는 전혀 관계가 없다.

닭이 내는 소리를 제대로 듣기 위해서도 꼬끼오와 꼬꼬댁은 잊어버리고 한곳에서 오랫동안 귀를 기울이는 것이 더 좋다.

식은 밥은
사람만 싫어하는 것이
아니다

내가 아는 가축 중에서 닭은 대표적인 잡식성이어서 먹이의 종류를 가리지 않는다. 알곡이 주식이지만 마른 볏짚과 댓이파리까지 포함한 온갖 풀과 감자, 호박, 무, 고구마, 배추, 파 등 채소류와 과일 조각은 물론이고 각종 벌레와 음식 찌꺼기에 저희가 낳은 달걀과 살아 있는 제 동료의 깃털과 살까지 가리는 것이 없다. 게다가 원래 조류인 닭은 내장이 짧아 소화 흡수율이 50% 정도여서 발효된 제 똥도 훌륭한 먹잇감이다. 물론 생똥을 먹으면 가금 티푸스라는 치명적인 소화기 전염병에 걸릴 수 있어 위험하다.

사료는 하루에 한 번 주는 것이 좋다. 가축이 배곯고 있는 것을 안타깝게 여기는 노인들은 닭 먹이통에 먹이가 늘 있어야 마음이 놓이지만 사람이 식은 밥을 좋아하지 않듯이 닭도 전날 먹고 남은 사료를 좋아하지 않는다. 전날 먹은 사료를 다 소화시켜 배가 아주 고픈 상태에서 사료를 먹으면 사료 흡수율이 10% 정도 높아진다. 그러면 똥으로 배출되는 유기물이 그만큼 적기 때문에 바닥의 악취를 줄일 수 있을 뿐 아니라 무른 똥을 싸지 않아 바닥이 눅눅해지는 것을 막는데도 도움이 된다. 사료를 주기 직전 모이주머니가 텅 빈 닭들은 마치수병들이 함상에서 사열을 하듯 닭장 철망 앞에 줄지어 서서 사료를기다린다.

사료는 하루에 다 먹을 수 있는 양을 해가 지기 두 시간 전까지 주어야 한다. 닭은 야맹증이 심해서 해가 지고 약한 어둠이 깔리기 시작하면 횃대에 오르는데, 그전에 먹이를 충분히 먹고 올라야 밤에 이를 소화시키고 제때에 알을 낳을 수 있다. 횃대에 오르기 직전 닭의오른쪽 가슴팍에 있는 모이주머니는 거의 테니스공만한 크기로 부풀어 있어 혹시 터져 버리지나 않을까 걱정될 정도지만 포화 상태인모이주머니를 만져 보면 손 안에 꽉 찬 느낌이 뿌듯하다.

아파트 모양의 케이지에서 사는 닭은 하루에 110~120g 정도 먹는다고 하는데 풀어놓은 닭은 운동량이 많아 그보다 20g 정도 더 먹는다. 성장기에는 체격이 큰 수탉이 암탉보다 사료를 더 먹지만 산란이시작되면 암탉이 훨씬 더 먹고 똥도 더 대범하게 싼다. 새 암탉이 갑자기 사료를 많이 먹기 시작하면 뱃속에서 알이 형성되기 시작했다는 뜻으로 며칠 안에 초란을 볼 수 있다.

닭은 계절에 따라 사료의 양과 내용을 달리해야 한다. 봄에는 몸의기운이 상승하는 시기여서 총열량을 되도록 억제하고 왕겨나 풀 같은 거친 사료를 많이 주어야 한다. 봄철에 이것이 잘 조절되지 않으면 알을 너무 많이 낳아 여름 무더위에 산란을 중지할 수도 있다. 가을에는 닭들이 겨울을 대비해서 새 깃털을 준비해야 하고 몸에 지방을 비축할 수 있도록 사료를 봄철과는 반대로 구성한다. 그러면서도 몸이 너무 비대하거나 축이 나지 않게 돌봐야 한다.

일본에서 나온 자료에는 사료와 관련해서 닭과 사람이 함께 연찬하라고 되어 있는데, 사람끼리도 쉽지 않은 일을 동물하고 하라는 말이 참 각별했다. 달을 가리키는 손가락을 보지 말고 달을 보라는 불교 격언의 축산용 버전이라 할 만하다. 널리 알려진 사육 기술이나 숫자에 얽매이지 말고 눈앞에 있는 실제 닭의 상태를 세심히 살피면서 거기에 가장 필요하고 적절한 조치를 취해야 한다는 말일 것이다.

모든 동물이 마찬가지겠지만 닭들은 먹이 경쟁이 매우 심하다. 사료를 주면 우선 부피가 큰 먹이부터 챙긴다. 바닥에 달걀이 깨지기라도 하면 다른 닭을 몸으로 밀쳐 내고 견제하면서 혼자 먹으려는 모습은 가관이다. 또 다른 닭의 입에 있는 것을 곧잘 빼먹는다. 나는 초창기에 닭의 이러한 행동이 검증된 먹이를 먹으려는 행동이 아닐까 생각했는데, 사실은 먹이 경쟁의 일부이다.

먹이를 먹다가 엉겁결에 짝짓기를 당하는 암탉의 부리 끝에 걸린 풀을 뽑아 먹는 경우도 흔하다. 때로는 20cm쯤 되는 긴 풀도 나온다. 아마 반대편 끝은 모이주머니에 닿아 있었을 것이다. 나는 그것을 보면 '거지 똥구멍에 걸린 콩나물을 빼먹을 놈'이라는 말을 떠올린다. 이 장면을 상상하기는 좀 역겹지만 벼룩의 간을 빼먹는다는 말보다는 훨씬 사실적이고 해학적인 말이다. 언젠가 거름을 뒤지다 손가락

두 마디 정도 되는 토실한 굼벵이가 있어 주워다가 닭장 안에 던져 주었더니 그것을 차지하기 위한 닭들의 릴레이가 시작되었다. 닭은 달리면서 먹이를 삼키지 못한다. 피부가 제법 질긴 굼벵이는 결국 열한 번째 주자에게 건네졌다가 다른 닭에 의해 두 동강이 나면서 긴 릴레이가 끝나는 것을 보았다.

병아리들은 특이한 먹이를 차지하면 삐악거리며 허둥대듯 물고 돌아다닌다. 그러면 다른 병아리들이 금방 눈치 채고 그것을 빼앗기 위해 우르르 몰려다닌다. 반면에 큰 닭들은 다른 닭보다 먼저 탐나는 먹이를 차지한 경우 그것을 물고 조용히 구석으로 가 혼자 먹는다. 세상에서도 지식이나 재산 또는 권력을 어설프게 가진 사람은 그것을 남들에게 드러내지 못해 안달하는 경우가 있는 반면에 지식이나 재산이 월등하게 많은 사람은 남들이 쉽게 알아차리기 힘들 만큼 소박하게 행동하기도 한다.

품위 있게 걷되
날지는
않는다

닭은 전에 보지 못했던 새롭고 낯선 것
에 대한 경계심이 매우 강하다. 언젠가 씀바귀를 꺾어다 닭장 안에 던
져 주었더니 닭들이 웅성거리며 씀바귀 주위에 원을 그린 채 목을 길
게 빼서 낯선 물건을 관찰하고 있었다. 물론 이때는 엉덩이를 뒤로 뺀
채 언제든지 달아날 수 있는 자세를 취한 모습이다. 닭들에게 주는
풀이나 야채는 작두로 짧게 썰어서 사료와 섞어 주기 때문에 통째로
던져진 풀은 닭들에게 매우 낯선 것이었다. 그중에서 그래도 용기가
있는 놈이 먼저 나서서 이 낯선 물건을 부리로 건드려 보다가 풀이
움직이면 녀석들은 흠칫 놀라서 뒤로 물러선다. 잠시 이런 행동이 반
복되어 이 물건이 저희들에게 위협이 되지 않는다는 것을 확인한 다
음에야 벌떼처럼 달려들어 새로운 먹이를 맛있게 뜯어 먹는다.

닭장 안에는 칸마다 먹이통 여덟 개가 네 개씩 두 줄로 놓여 있는

데, 사료를 줄 때는 먹이통에 항상 같은 순서로 사료를 부어 주어야 닭들이 혼란을 느끼지 않는다. 나는 사료를 노란 손수레에 싣고 다니면서 주는데, 그 일이 항상 반복되다 보니 닭들은 내가 이 수레를 밀고 나타나면 사료를 받아먹을 수 있다고 느끼며 흥분한다. 내가 다른 일로 수레를 써야 할 때는 닭들이 실망하게 될까 봐 사료를 싣고 다닐 때와는 다르게 수레를 내 몸 뒤에 두고 끌고 다니면 녀석들이 크게 기대하지 않는다.

또 먹이를 주는 칸의 순서도 가능하면 항상 하던 대로 하는 것이 좋다. 닭이 산란을 시작해서 1년 정도 지나면 산란율도 떨어지고 달걀의 품질이 안 좋아진다. 그럴 땐 일주일 정도 강제로 단식을 하게 해 산란을 중지시키면 품질이 회복된다. 이때 사료를 목마르게 기다리는 녀석들을 지나쳐서 다른 칸에 사료를 줘야 할 때는 녀석들의 실망하는 모습이 보기에 참 안쓰럽고 미안하기 그지없다. 녀석들은 수레가 나타나면 잔뜩 기대하고 있다가 옆 칸의 닭들이 맛있게 먹는 모습을 부러운 눈초리로 바라볼 수밖에 없다.

닭은 행동반경이 참 좁은 동물이다. 양계 교재에는 그게 30m 안팎이라고 하는데 실제로 닭들은 혼자서는 무리에서 절대 멀리 떨어지려 하지 않는다. 안에서 왕따를 당해 문만 열리면 밖으로 뛰쳐나오려는 녀석들도 저녁이 되면 닭장 안으로 들어오고 싶어 안타깝게 철망 앞을 배회한다. 나는 처음에 닭장 문이 열렸을 때 날개까지 가진 이 녀석들이 집단으로 멀리 달아나 버리지 않을까 조바심을 내고 이들을 닭장 안으로 몰아넣기 위해 막대기로 때리거나 위협하는 등 거

칠게 다룬 적이 있었는데, 나중에는 사료 한 바가지만 들고 닭장 안으로 들어가면 밖에 있던 녀석들이 다투어 안으로 따라 들어오게 되었다. 사실 푸른 풀밭에 희고 붉은색을 가진 닭들이 느긋하게 돌아다니며 풀을 뜯어 먹는 모습은 참 평화롭고 보기 좋은 한 폭의 그림이다.

또 안에서 달걀을 깨먹거나 다른 닭의 항문을 쪼는 버릇이 있는 놈들은 나에게 발로 걸어 채이거나 목이 붙들려 혼나기도 하는데, 이런 경험이 있는 놈들은 나중에도 나를 보면 두려움을 느끼며 피한다. 반면에 안에서 다른 닭들에게 집단 괴롭힘을 당하는 녀석은 내가 들어가면 내 그늘 밑으로 찾아 들어와 보호를 기대하기도 한다. 나는 그러한 모습을 보면서 닭에게도 미약한 형태로나마 영혼이 있지 않을까 생각하게 되었다.

인간의 폭력은 근원적으로는 상대에 대한 두려움이나 불안에서 오는 것 같다. 나는 귀농해서 지금껏 다른 뱀은 죽이지 않았지만 독사는 스무 마리 이상을 죽였다. 그것은 독사란 언제든지 사람을 물어 고통을 줄 수 있다는 생각 때문이었다. 한번은 새끼 독사를 잡아 낫으로 놀렸더니 아주 조그만 놈이 갑작스레 낫을 공격했다. 나는 순간적으로 흥분돼서 낫으로 작은 독사를 때려죽였다. 그런데 실제로 내가 농사를 짓고 있는 13년간 나는 물론 동네 사람들과 옆 동네 사람 누구도 독사에게 물린 적이 없었다. 사실 독사들은 저희가 공격당하지 않으면 사람을 잘 물지 않는다. 인간에게 폭력과 공격성을 야기하는 불안과 두려움은 근원적으로는 상대에 대한 무지와 몰이해에서 오는 것일지 모른다.

양계를 시작하던 초창기에 있었던 일이다. 어떤 닭 한 마리가 닭장 안에서 공중을 날아다녔다. 녀석은 높이 3m에 간격은 그보다 더 넓은 철망 사이를 자유자재로 날아서 건너고 근처에 있는 줄 위에서 그네를 타기도 했다. 내가 닭을 키우니 참 대단한 놈이 나온다 싶어 뿌듯했다. 그런데 가만히 지켜보니 녀석은 바닥에서 집단 괴롭힘을 당하는 처지였다. 녀석은 자구책으로 나는 능력을 개발했던 것이다.

거의 길짐승으로 진화된 닭은 삶에 필요한 모든 것을 땅 위에서 조달하기 때문에 굳이 날 필요가 없다. 보호와 먹이가 보장된 축사에서는 더욱 그렇다. 실제로 강한 닭들은 품위 있게 천천히 걷되 날지 않는다. 인간의 비행도 그런 것이 아닐까. 사람들이 비행기를 타고 바다와 대륙을 건너는 것은 삶터에서 자급자족할 수 있는 능력을 잃어버렸거나 문명에 의해 조장된 필요 때문에 느끼는 결핍이 원인이 아닐까. 만약 그렇다면 비행의 목적이 일이건 학문이건 관광이건 아무런 차이가 없을 것이다.

나무는 한번 뿌리박은 그 자리에서 필요한 모든 것을 조달하면서 수십 년 혹은 수백 년을 생존한다.

닭 백정

　닭을 키워 온 지난 10여 년 동안 1년에 백여 마리씩, 모두 천 마리가 넘는 닭들이 내 손에 죽었다. 이만하면 닭 백정이라 불린다 해도 할 말이 없다. 봄가을로 한 번씩 부화장에서 병아리를 받을 때 백 마리 단위로 거래가 이루어지기 때문에 암탉 칸에 30여 마리씩 넣어 주고 남은 수탉들을 잡는 것이다. 우리 닭이 맛있다는 말이 조금씩 퍼지면서 한여름 복달임으로 먹을 백숙용이나 옻닭용으로, 그리고 설날 떡국에 넣을 용도로 사람들이 곧잘 찾는다. 산란계 암탉은 체격도 작거니와 내 농사 밑천이기 때문에 잡아 본 일이 없다.

　맨 처음에는 닭 한 마리를 처리하는 데 40분 정도가 필요했지만 지금은 많이 숙달되어 20분 남짓이면 깔끔하게 끝마칠 수 있게 되었다. 1년에 한두 번 닭 잡을 일이 있는 동네 할머니들이 부러워하는 솜씨다. 할머니들은 죽은 닭을 큰 대야에 넣고 펄펄 끓는 물을 부어 닭을 튀기는데, 그러면 닭의 껍질이 익어 깃털을 뜯을 때 껍질이 쉽게 찢기거나 상한다. 그것을 피하려면 양동이에 끓는 물을 붓고 찬물을 조금 섞어 물의 온도를 약간 낮추거나 끓는 물에 닭을 서너 차례 잠깐씩 담갔다 건졌다 하면 된다. 털을 다 뽑은 닭은 볏짚을 태운 불로 그을려야 눈에 잘 보이지 않는 솜털을 태울 수 있다. 짚불은 다른 어떤 풀보다 온도가 높다는데, 이 불에 그을려야 닭이 더 맛있다.

닭을 해체하는 일은 동네 개구쟁이들의 재미난 구경거리이다. 나도 어렸을 적에 그랬다. 동네잔치가 있어 돼지라도 잡을 때면 어른 아이 할 것 없이 여남은 명이 현장을 빙 둘러서 구경했다. 우선 닭의 식도는 신축성이 뛰어나 일단 입으로 들어온 먹이는 어떤 크기도 삼킬 수 있을 정도다. 닭은 이가 없어 먹이를 씹지 않고 삼키기 때문에 식도의 신축성은 포유류보다 더 좋아야 할 것이다. 심장은 2심방 1심실이어서 중고등학교 국사책에 나오는 빗살무늬토기를 닮은 홀쭉한 항아리 모양이다.

사람은 생김이 다 다르다는 것을 당연하게 여기면서도 같은 종의 동물은 다 똑같이 생겼을 것이라고 은연중에 생각하게 되는데, 닭의 경우 특히 모래주머니는 모양이나 크기가 같은 닭이 하나도 없다. 내장형인 불알도 크기가 제각각이다. 닭들이 신참을 금방 알아채는 것을 보면 저희들끼리는 나는 도저히 구분할 수 없는 외모의 특징으로 서로를 구분하는 것 같다.

겨울이나 이른 봄에 잡는 닭은 기름이 많고, 여름과 가을에는 기름이 적다. 그것은 닭들이 가을 이후 추위를 견디기 위해 몸에 기름을 채우고 기온이 오르는 봄에 기름을 비우기 때문이다. 어린 닭은 속살이 희고 담백하지만 깊은 맛은 없다. 적어도 7, 8개월이 지나야 속살이 소나 돼지고기처럼 붉어지고 닭고기 특유의 깊은 맛이 들기 시작한다. 시중에 나오는 닭은 속성으로 키운 육계라 대부분 살이 희고 육질이 치밀하지 않아 부드럽기는 하지만 쫄깃한 맛은 느낄 수 없다. 상업적인 축산은 닭 맛이 깊어질 때까지 기다릴 여유가 없다. 그래서 많은 사람들에게 닭고기의 붉은색은 뜻밖의 것이 되고 비정상이 일상화·보편화되어 정상의 자리를 꿰찬다.

몇 년 전에 아내가 그해 신수를 보기 위해 용하다는 사람을 찾아가 내 사주를 집어넣었다고 한다. 그러자 내 손에 죽은 닭들의 영 같은 것이 보인다고 앞으로는 닭을 잡지 말라고 했다는 얘기를 들었다. 이미 부지기수로 잡은 닭의 생명을 되돌릴 수는 없는 노릇이니 그 업보를 받아야 된다면 어쩔 수 없는 일이다. 그러나 그 업보로 인해 나에게 재앙이 내린다면 조금 억울할 것 같다. 죽은 닭의 절대다수는 내 입을 위해서 잡은 것이 아니라 다른 사람의 입이 원했던 것이기 때문이다.

육식이나 살생에 대해 말이 많은 세상이다. 건강이나 영양의 문제로 채식을 주장하는 것에 대해 나는 별로 할 말이 없다. 육식에 편중된 식생활은 분명히 문제겠지만 최소한의 동물성 단백질을 섭취하는 것은 잡식성인 인간에게는 영양의 균형을 위해 필요한 일이 아닐까 생각할 뿐이다. 어떤 사람들은 종교나 윤리적인 이유로 동물을 죽이는 것을 혐오한다. 자신은 살생을 할 수 없으니 나더러 닭을 잡아 달라고 하는 경우도 가끔 있다. 손에는 피를 묻힐 수 없지만 입에는 묻혀도 된다는 것일까.

모든 생명체가 목숨을 유지하기 위해서는 다른 생명체에서 나오는 유기물을 흡수하지 않을 수 없다. 그것이 물고기나 짐승의 살이든, 식물의 열매나 잎, 또는 뿌리든 다른 생명체의 일부 또는 전부를 먹는다는 점에서는 차이가 없다. 흙이나 돌과 같은 무기물을 먹고살 수는 없는 일이다. 그런데 왜 사람들은 알곡이나 채소를 먹는 일은 자연스럽게 여기면서 먹잇감으로 동물을 죽이는 것은 혐오하고 기피할까. 동물은 식물과 달리 죽으면서 끔찍한 피를 흘리고, 고통스런 모습을 보여 주기 때문인가. 인간은 식물보다는 동물에게서 상대적으로 더 동류의식을 느끼는 것인가.

세상은 생명의 연쇄 고리이다. 남의 생명을 먹고 내 생명을 또 남에게 내어 주는 과정, 즉 먹고 먹이는(먹히는 것이 아니다) 과정의 끝없는 연속이다. 그중에서 사람은 육신이 죽어 새나 곤충, 또는 풀이나 나무에게 보시하는 것만이 아니라 살아가는 과정에서 또 다른 생명의 기운을 북돋는 일로 다른 생명을 취한 값을 치를 수 있다. 취미가 아니라 생명 유지에 꼭 필요한 일로 다른 생명을 취하는 것은 혐오나 기피의 대상이 아니지 않을까. 그러한 혐오나 기피는 오히려 생명들 사이에서 끝없이 일어나는 먹고 먹이는 순환, 또는 먹이연쇄에 대한 부정이거나 왜곡된 인식의 표현으로 보인다.

중요한 것은 나에게 생명을 내준 그것들에 깊이 감사하면서 나 또

한 다른 이들에게 기꺼이 내 생명을 내주고자 하는 마음이다. 우리가 부모에게서 받은 사랑을 자식에게 되돌려 주듯이, 물이 끝없이 아래로 흘러가듯이 자연스럽게.

나는 성호를 긋고 속으로 이렇게 기도하면서 지금도 여전히 닻을 잡는다. '하느님, 불쌍한 이 영혼을 따뜻하게 받아 주시고, 저에게 자비를 베푸소서.'

우리 마음속의
쉐브론

가끔 귀농한 사람이나 농사꾼 중에서 양계를 시작해 보고 싶다고 우리 집에 견학 오는 사람들이 있다. 닭 농사는 경제적으로 꽤 매력이 있는 게 사실이다. 큰 투자를 하지 않고도 시작할 수 있을 뿐 아니라 5개월 정도면 돈맛을 볼 수 있기 때문이다. 그래서 많은 사람들이 쉽게 관심을 갖는다. 나도 직장생활을 하면서 귀농을 준비하던 시절에 몇 군데 견학할 기회가 있었는데, 그중에서 지금의 나와 비슷한 방식으로 닭을 키우는 큰 농장에서 닭농사에 매력을 느꼈다. 그때는 수입과 관련된 것은 생각지도 못한 채 냄새 없고 조용하고 품위 있는 닭들의 자태에 매료되었던 것이다.

사실 닭농사는 내가 귀농해서 농촌에 큰 어려움 없이 정착하고 지금까지 생계를 유지하는 데 절대적인 역할을 했다. 그러나 10여 년이 지난 지금은 이 농사에 깊은 회의를 느끼면서 형편이 되는 대로 빨리 벗어나야겠다고 생각하고 있다. 직장생활도 13년 하고 그만뒀으니 내 팔자에는 13년 터울의 무언가가 있는 모양이다.

우선 닭 키우는 일은 젖소 키우는 것과 더불어 농사꾼이 시간적으로 가장 얽매이는 일이다. 아침나절에 달걀 거두고 오후에는 밥 주는 일을 하루도 거를 수 없다. 한 주에 이틀씩 달걀 배달하는 일도 만만치 않다. 명절도 손님도 이 일을 방해할 수 없다. 병원에 갈 시간을 내기가 쉽지 않으니 아플 수도 없었다. 닭 키우는 그동안 친지의 경조사도 제대로 챙기지 못했고 가족과 함께 떠나는 장거리 여행은 생각할 수도 없었다. 다행히 나는 밖으로 돌아다니는 것을 좋아하지 않아서 닭을 핑계로 식구들만 여행을 보낸 적도 있었다. 일도 늘 새로운 기획을 해야 하는 것보다는 한 번 적응하면 반복적으로 해 나갈 수 있는 단순한 일을 좋아한다. 이렇게 내 성격과 닭농사 사이에 궁합은 잘 맞는 편이지만 때로는 비오는 날 오후에 부침개에 막걸리 한 병 마시면서 일없이 해질녘까지 빈둥거리거나, 가까이 있지만 아직 가 보지 못한 조계산까지 개를 이끌고 다녀오고 싶은 때도 있었다.

그러나 더 중요한 문제는 내 농사에서 땅 농사와 가축 농사 간에 본말이 뒤바뀌었다는 것이다. 바람직한 농사라면 논밭에서 작물을 재배하는 것을 중심으로 하고 가축은 농사 부산물이나 음식 찌꺼기로 기를 수 있는 규모라야 할 것이다. 옛날처럼 가축에서 나오는 퇴비로 비료를 자급하고 가축의 힘을 농사에 필요한 동력으로 쓸 수 있다면 더 이상 바랄 게 없다. 따라서 농사꾼은 모름지기 발바닥이 땅에 붙어 있어야 한다고 믿는다. 그런데 내 사정을 잘 아는 선배 농사꾼이 나더러 닭 똥구멍만 쳐다보고 산다고 말하듯이 5천 평 정도 되는 내 농사는 닭농사에 철저히 맞춰져 돌아간다. 들판에 나가 일이 손에 잡힐 것 같으면 닭일 할 시간이 되어 손을 놓아야 한다. 시간이 없으니 새로운 농사 기술을 배우러 가기도 쉽지 않아 농사 방법에 진전이 별로 없다. 이렇게 내 농사가 이상형에서 멀리 벗어나 있으니 농사꾼으로서 자부심이 높을 수 없다.

내가 닭농사를 회의적으로 생각하게 된 또 따른 이유는 사료 가격 문제다. 사료 가격에 관여하는 중요한 요인으로는 곡물 수출국 현지의 곡물 가격과 환율, 생산과 운송에 들어가는 석유 가격이다. 기후변화와 농지 축소, 경작 조건의 악화, 석유 가격 상승에 대응해서 곡물을 바이오 에너지로 활용하는 등의 이유로 국제 곡물 가격은 계속 오를 수밖에 없다. 거의 소꿉놀이 수준의 농장을 운영하면서 이런 문제들에까지 민감하게 관심을 유지해야 한다는 것은 좀 어처구니없는 일이다.

그런데 더 근본적인 문제가 또 있다. 식량자급률이 매우 낮은 우리나라에서는 사료작물을 재배할 수 없기에 가축이 먹는 사료는 주로 미국에서 수입하는 곡물로 만든다. 여기에는 미국의 거대 곡물 자본이 관여하고 있다. 이러한 거대 곡물 기업은 지역의 생태와 환경을 유지하는 소농을 농촌에서 몰아내는 쪽으로 기능한다. 거기다가 사료의 주성분인 옥수수와 밀은 거의 유전자조작 농산물이다. 내가 아무리 닭을 정성들여 키운다 한들 거기에서 생산되는 달걀이 온전히 건전하고 바람직한 식품일 수 없다.

나는 닭을 키우면서 옥수수와 밀이 주성분인 사료를 하루에 100kg씩 쓰고 달걀은 약 30kg을 얻는다. 물론 달걀이 사람에게 필요한 동물성 단백질을 공급한다고는 하지만 달걀의 총열량을 계산하면 사료로 쓰인 곡물의 절반도 되지 않을 것이다. 다시 말하면 인간을 부양하는 능력으로 보았을 때 나는 자원을 매우 어리석게 쓰는 셈이다. 양계뿐 아니라 현대적인 축산 자체가 이렇게 미친 짓이지만 투입과 산출을 돈으로 환산하면 이득이 되기 때문에 닭농사는 제법 합리적이고 현명한 일로 탈바꿈한다. 나는 이것을 돈이 부리는 마술이라고 말한다. 그러나 그 마술은 사람을 즐겁게 하는 것이 아니라 세상을 어지럽게 하는 마술이고 오늘날 세계의 모든 사람들이 겪는 고통의 주된 원인이다.

그러나 이러한 문제점들을 인식하면서도 그로부터 벗어나는 일은 너무 어렵다. 그 어려움은 우리가 현대교육과 의료, 자동차와 같은 자본주의적 소비생활에서 벗어나기가 어렵다는 사실과 직결된다. 현대인들이 물질적 삶과 관련해서 추구하는 가치는 풍요와 편리라는 두 가지로 수렴된다. 이 두 가치에 대한 사람들의 충성은 너무나 강력해 소비생활에서 다른 선택의 여지가 있다는 사실을 상상하지도 못한다. 그리고 이 두 가치는 오직 화폐를 통해서만 구매할 수 있기 때문에 사람들은 더 많은 화폐를 획득하기 위한 경쟁에 몰입한다. 그 과정에서 발생하는 어리석음이나 폐해에 대한 고민은 눈앞의 목적을 성취하는 데 방해가 되는 악덕으로 여겨질 뿐이다.

쉐브론텍사코라는 미국 거대 석유회사가 있다. 이 회사가 아마존

밀림에서 석유를 채굴하면서 주변 지역의 오염을 줄일 수 있는 고급 기술이 있는데도 아주 원시적인 방법을 써서 그곳을 터전으로 살고 있는 인디오 원주민들의 삶을 황폐화하고 있다는 이야기를 들었다. 이 회사가 원래 사악한 유전자를 가졌기 때문에 한 일일까. 오늘날 1등 기업만이 살아남는 무한경쟁의 상황에서 생존과 시장지배력이라는 지상과제를 두고 일상화된 절박함을 느끼지 않는 기업은 없다. 고급 기술에는 당연히 많은 비용이 들어갈 터인즉 이들은 가능하면 적은 비용으로 수입을 최대화하려고 한 일이었을 것이다.

생존을 위해서 불가피하다는 명분으로 자신의 경제활동에서 짓는 어리석음과 폐해를 정당화하려 한다면 우리는 돈의 마술에 갇혀 있는 셈이고, 또한 우리 마음속에도 작은 쉐브론이 자리 잡고 있다 하지 않을 수 없다. 우리 마음속의 작은 쉐브론을 정확하게 볼 수 있을 때 비로소 밖의 커다란 쉐브론도 바로 볼 수 있지 않을까.

참새의
질문

우리 동네에는 50마리 정도 되는 참새 한 무리가 살고 있다. 녀석들의 집은 동네 한가운데 노인들의 쉼터로 지어진 우산각이다. 이 건물은 정부의 지원을 받아 15년 전쯤에 지어졌는데 기둥과 기초는 콘크리트로 했지만 지붕은 전통 한옥처럼 나무 서까래에 송판을 얹고 그 위에 황토를 깔고 기와를 얹었다. 기왓장과 서까래 사이를 메운 황토 틈새가 이 녀석들의 보금자리이다.

우리 가족이 이 동네로 이사 오기 전 낙안에서 농장으로 출근을 하는 아침 시간이면 참새들도 보금자리를 빠져나와 작은 팔작집으로 지어진 기와지붕의 모서리 끝에 서너 마리씩 앉아 요란하게 재잘대며 하루를 시작했다. 녀석들이 지붕에 앉아 있는 모습은 커다란 고궁 건물들의 지붕 끄트머리에 각종 동물 형상을 조각해서 조그맣게 붙여 놓은 잡상을 연상케 했다. 요즘에는 하루 일을 시작하면서 우산각

을 지나치지 않기 때문에 녀석들의 활기찬 모습을 보지 못해서 아쉬울 때도 있다.

참새들의 주된 먹잇감은 알곡과 잡초들의 씨앗, 그리고 나무나 땅에서 사는 작은 벌레들이다. 농사철에는 참깨나 밭벼 등 계절을 달리하며 익어 가는 알곡을 찾아 이밭 저밭으로 떼 지어 날아다니기도 하고, 벌레가 많은 매화나무를 즐겨 찾기도 한다. 벼가 익어가는 가을에 무논에 물이 빠지면 논 가장자리에 논둑으로 누운 벼 이삭도 좋고, 여물이 들어가는 1년생 잡초의 씨앗도 녀석들에게 좋은 식량이다. 사료를 섞고 운반하다 흘린 옥수수 알갱이가 흩어져 있는 우리 계사 창고 앞마당은 녀석들의 비상 곳간인 셈이다. 겨울에 눈이 내려 먹이를 찾기 힘들게 되면 녀석들은 계사 아래에 있는 소 축사로 날아든다. 그곳에는 소의 1년치 식량인 볏짚이 수북이 쌓여 있는데 가을에 콤바인이 미처 털어 내지 못하고 볏짚에 그대로 남아 있는 낱알들이 참새들의 주된 겨울 식량이다.

어느 날 나는 우리 창고 앞 땅바닥에서 참새 한 마리가 작은 지렁이 한 마리를 잡아먹는 것을 본 적이 있다. 길이 10cm가 되지 않는 작은 지렁이 한 마리를 그 참새는 여러 번 쪼아 부드럽게 만든 다음에 제법 긴 시간을 들여 삼켰다. 닭의 경우라면 곡식 낱알 몇 개 집어 먹는 것처럼 쉽게 삼킬 크기의 지렁이가 참새에게는 삼키기에 꽤 버거웠던 모양이다. 녀석들의 체격으로 보아 그 참새에게는 그날 먹은 지렁이 한 마리가 하루에 필요한 식량으로 크게 부족하지 않았을 것이다.

참새는 어떻게 해서 철새가 아닌 텃새가 되었을까. 참새는 철새인 제비처럼 힘을 적게 들이면서도 부드럽고 빠르게 날지 못할 뿐 아니라 먼 거리를 비행하는 데 필요한 힘을 비축할 만큼 체격이 크지도 않다. 녀석들은 신체적으로 장거리 비행을 할 수 있는 능력을 갖추기보다는 기후와 먹이에 대한 적응력을 키운 것이다. 한꺼번에 많은 먹이를 필요로 하지 않을 뿐 아니라 알곡이나 잡초의 씨앗, 벌레를 가리지 않는 식성의 소박함과 함께 무더위와 혹한을 견뎌 낼 수 있는 강인함이 참새들로 하여금 1년 내내 한 곳에 머물러 살 수 있도록 하지 않았을까 싶다.

실제로 내가 계사에서 일을 하다 잠깐 앉아 쉴 때면 언제나 이 녀석들이 눈앞에서 어른거렸던 것을 생각하면 그들의 행동반경은 2백 미터를 넘지 않을 것이다. 그렇기에 길이가 1km도 채 되지 않는 이 동네 골짜기가 이 녀석들에게는 속속들이 탐험할 수도 없고 또 탐험할 필요도 없는 무한의 공간이다. 지금 그들이 누리는 공간에서도 부족함이 없기 때문일 것이다. 요컨대 참새는 그 작음과 소박함으로 인해 철이 바뀌면 대륙을 넘나들어야 하는 길고 고단한 여행에서 해방되었다고 하겠다.

참새들의 나는 모습을 보면 몸집이 뭉툭하고 날갯짓이 너무 잦아 유연하다는 느낌은 없지만 좁은 공간에서도 너무 자유로워 감탄사가 절로 난다. 소 축사는 지붕 근처의 철제 골조가 제법 복잡하게 얽혀 있는데 그 빈틈을 여러 마리가 빠른 속도로 날아 돌아다니는 것은 녀석들에게 거의 식은 죽 먹기다. 녀석들이 허공을 나는 것을 보면 위아래로 순식간에 움직이는 것이 마치 파도타기를 즐기는 것도 같고, 공중에서 서너 마리가 갑자기 속도를 줄여 방향을 바꾸는 모습은 늦은 가을날 모든 것을 털어 버리고 가을바람에 몸을 맡겨 이리저리 휘날리는 가랑잎처럼 가벼워 보이기만 한다.

우리 동네에는 얼마 전까지 탱자나무가 꽤 많았다. 탱자나무 가지에는 4~5cm 정도 되는 억센 가시가 촘촘히 돋아나 있다. 어렸을 적에 누님들이 마을 앞 냇물에서 잡아 와 된장 한 술 풀어 삶은 다슬기 속살을 이 탱자 가시를 꺾어 와 빼먹기도 했다. 참새들은 그 탱자나무에서도 자유자재다. 숨바꼭질이라도 하듯 가지와 가시와 잎을 피해 재잘거리며 돌아다닌다. 어느 날 참새들이 탱자나무에 앉아 쉬고 있는데 공중에서 먹잇감을 찾던 솔개 한 마리가 탱자나무로 돌진했다가 허둥대며 다시 날아오르는 것을 보았다. 녀석은 원하던 참새를 붙잡기는커녕 억센 탱자 가시에 찔려 아까운 깃털만 두어 개 공중에 흩뿌리고 황망히 물러나야 했다. 탱자나무는 몸집이 작은 참새들에게는 더없이 안전한 쉼터였던 것이다.

참새들이 땅 위에서 움직일 때는 걷는 일이 없고 항상 통통통 튀어 다닌다. 마치 어린아이들이 갖고 노는 탄력 좋은 장난감 공이 구르는 것 같다. 또 먹이를 쪼다 인기척에 놀라 날아오를 때면 푸르릉거리는 바람개비 소리가 나고, 먹이를 찾아서 땅으로 여러 마리가 내려앉을 때는 풀섶에 알밤이 투두둑 떨어지는 것 같다. 지난봄 어느 날 교미철이었는지 수컷으로 보이는 참새 한 마리가 저보다 작은 참새의 깃털을 물고 늘어지는 것을 보고는 이렇게 작은 짐승에게도 완력을 쓰는 일이 있나 싶기도 했다. 수컷의 어울리지 않는 완력은 성공하지 못했다.

참새들은 땅속에서 길 위로 삐져나오는 접시물 같은 적은 물에서도 즐겁게 깃털을 퍼덕여 목욕을 하기도 하고 1년생 풀 가지의 끝을 붙잡고 그네를 타기도 한다. 오래전에 처갓집 외양간에서 소똥을 치우다 소의 눈깔이 닭의 대가리보다 더 큰 것을 보고 세상에 이렇게 큰 짐승이 있었나 싶어 새삼 놀랐던 적이 있었는데, 참새는 그 닭의 대가리보다 몸집이 더 작고 짹짹거리는 소리는 너무나 경쾌해서 어둡거나 무거운 느낌과는 거리가 멀다. 이 작은 동물에게는 걱정이나 고통 같은 것은 아예 없는 것처럼 느껴진다.

내가 이 동네에 들어온 이후로 10년간 참새 식구들의 수는 거의 변함이 없다. 녀석들이 어떻게 개체수를 조절하는지 알 수는 없지만 그것은 참새들이 이 작은 골짜기 안에서 누리는 안정된 삶의 중요한 바탕일 것이다. 그런데 요즘 참새들의 처지가 조금 위태롭다. 내가 이 동네에 들어와서 집이나 축사 등 건물을 지을 때마다 그곳에 울타리로 있던 탱자나무들이 잘려 나가 이제는 계사 앞에 서너 그루만 남아 있다. 그만큼 낮 시간에 참새들이 안전하게 쉴 수 있는 공간이 없어진 것이다.

또 참새들의 보금자리인 우산각 지붕은 검은색 컬러 강판으로 새 단장을 했다. 참새들이 지붕의 황토를 헐어 내면서 밑이 헐거워진 기왓장이 여러 개 땅으로 떨어져 깨졌기 때문이다. 어떻게든 틈을 찾아 강판 밑을 찾아든 참새들은 한낮에 강판이 전하는 열기를 견디기 쉽지 않을 것이다. 그 공사를 한 뒤로 우산각 처마 밑에는 아직 털이 나지 않은 채로 떨어져 죽은 참새 새끼들이 여럿 눈에 띄었다. 참새 입장에서는 나 자신도 우리가 혐오해 마지않는 '개발'의 주역이다.

오랫동안 닭을 보아 오면서 느끼는 것 중 하나는 닭의 눈은 경계심과 호기심이라는 오직 두 가지만을 재료로 해서 만들어진 것이 아닐까 하는 것이다. 그만큼 눈 모양 전체가 동그랗고 그 속에 까만 눈동자가 선명하기 때문일 것이다. 참새의 눈도 크기만 작을 뿐 생김은 닭의 눈과 비슷하다. 겨울에 옥수수 부스러기를 찾아 계사 앞마당을 찾은 참새들은 내가 사료를 운반하는 데 쓰는 수레를 끌고 나타나면 푸르릉 날아서 마당가의 탱자나무 가지나 전깃줄에 앉는다. 그리고는 연신 고개를 좌우로 갸웃거리며 궁금해 못 견디겠다는 듯한 모습으로 작고 똥그란 눈을 반짝이며 내 일하는 양을 내려다본다.

저 인간은 왜 소비자를 한껏 모아 놓고 달걀 배달하는 날만 되면 시간에 늦지 않기 위해 조바심에 싸여 일을 하는지, 학교교육에 별반 기대할 것이 없다고 생각하면서도 왜 아이들 학교 성적에 그렇게 불편해하는지, 닭 천여 마리와 논밭 2천 5백 평 농사로 1년 동안 어느 하루 맘 편히 쉬지 못하면서도 닭을 줄이고 소를 몇 마리 키워야겠다며 논이 서너 마지기 더 있으면 좋겠다고 생각하는지, 보험이라는 것은 현재를 미래에 저당 잡혀 살게 할 뿐 아니라 미래의 현실을 날 것 그대로 겪지 못하게 방해하는 것이라는 이유로 탐탁지 않게 여기면서도 아내가 제 생각 따위는 아랑곳 않고 들어 둔 두어 개의 보험에 은근히 안도하는지, 왜 그렇게 생각하는 것과 실제 삶 사이에 어긋나는 것들이 많은지 묻고 있는 것 같다.

　참새가 정말 입을 열어 이런 것들을 묻는다면 어떻게 답해야 할까.

　'너는 인간으로 살아는 봤니? 미래라는 것을 사유할 수 있는 존재로 산다는 것이 안겨 주는 이 막연하고 질긴 불안감을 겪어는 봤니?'

　가수 태진아의 노래 투로 핀잔주듯 쏘아붙여야 할까. 아무튼 내가 본 참새는 그 작음으로 인해 자유로운데 나는 참새처럼 작아지는 법을 알지 못해 하루하루가 고단하다.

3.

농부가 되어
비로소

깨달은
것들

갓 태어난 송아지가
일어서 보려고 몸부림칠 때
흔들거리는 네 다리와 하얀 앞니 두 개.
때 이른 서리를 맞고
뜨거운 물 뒤집어쓴 모습을 하고 있다가
햇빛을 받아 다시 파랗게 본색을 되찾고 마는
김장 배추와 무, 폭우에도 무너지지 않고
굳건하게 버텨 준 논두렁 등등.
날마다 계절마다 메뉴를 바꿔가며 펼쳐지는
생명의 향연에 힘들 때는 있어도
권태를 느낄 틈은 없다.

너무 앞서지도 않고
너무 뒤처지지도 않게

농부와 시간

　　　　　　해마다 내 농사는 동지 무렵에야 마무리된다. 벼를 수확해서 방아를 찧고 나면 11월 중순쯤이고 그 이후로는 김장 채소를 팔아야 한다. 배추를 절여서 시내 소비자들에게 공급하고 나면 설 무렵에 고추 씨앗을 파종할 때까지 한 달간이 나에게는 농한기이다.

　해가 우리 집 마당을 비추는 아침 아홉 시쯤에나 밖에 나와 밤에 풀어놓은 개를 붙잡아 매고 계사 안에 햇빛이 들도록 어제저녁에 내려놓은 커튼을 올리고 얼어붙은 물통을 녹여 닭에게 물을 먹이고, 달걀 수거한 후 오후에 닭 밥 주고, 개 밥 주고 나면 어느새 동지섣달 짧은 해가 저물어 간다. 물론 한가하게 쉬는 시간은 없지만 들판에 나갈 일이 없으니 마음은 홀가분하다. 3, 40년 전 같았으면 이즈음에 오전 오후로 땔나무 한 짐씩을 해 나르고, 쇠죽을 쒀서 소 한두 마리를 건사하고, 곁방 아궁이에 군불을 지피면서 겨울을 보냈을 것이다.

2월 4일은 우리 집 큰아이의 생일이다. 그런데 이날은 대체로 24절기 중에서 입춘과 겹친다. 이 시기는 봄의 시작이라고는 하지만 매서운 겨울 추위가 남아 있어 아직 봄을 실감하기는 어렵다. 그러나 한겨울에 비하면 해가 꽤 길어졌고, 햇빛이 좋은 낮 시간에는 바람 끝도 약간 무뎌져서 봄이 멀지 않았음을 느끼게 한다. 나 같은 젊은 사람이야 노인들처럼 절기에 민감하지 않지만 입춘만큼은 예외다. 아마도 이날이 아이의 생일인 데다 겨울 추위에서 벗어나 농사를 빨리 시작하고픈 욕구가 겹치기 때문일 것이다.

시설 농사를 짓지 않는 일반 농사꾼은 이맘때가 되면 서서히 새해 농사 준비를 한다. 가장 먼저 시작되는 고추 농사는 1월 말에 씨앗을 넣어 입춘이면 이미 모판에서 싹을 틔우고 있다. 각종 씨앗들도 미리 점검하고, 윤작 등을 고려하면서 어느 밭에 무엇을 얼마나 심을 것인지 계획도 세워 둬야 한다. 농협에서도 이때 비료나 포장된 퇴비 등을 주문받아 공급한다. 나는 축사에서 받아 둔 계분이 있어서 웃거름으로 조금씩 쓰는 깻묵이나 쌀겨 등을 기회 있는 대로 챙긴다. 그러면서 한편으로는 불안하다. 올해는 또 날씨 때문에 얼마나 애를 태워야 할까, 어떤 자연 재해가 기다리고 있을까, 고비고비 힘든 일들을 잘 헤쳐 나갈 수 있을까, 조금씩 불안해지기 시작하는 몸은 올 농사도 큰 탈 없이 버텨 낼 수 있을까 등등. 정확하게 예상할 수 없기 때문에 두루뭉술한 불안감이다.

그러나 그런 막연한 걱정 속에서도 새해 농사에 대한 기대와 희망이 아무래도 더 크다. 지난해 잘 되었던 농사는 올해는 더 잘 되게 하고 잘 짓지 못했던 품목은 올해는 보라는 듯이 잘 지어 보고 싶은 의욕이 앞선다. 설렘이라고 해야 더 맞는 말일 것이다. 농사꾼의 일차적인 자부심은 수입의 크기보다는 농사를 얼마나 잘 지어 알찬 수확을 했는가에 달려 있기 때문이다. 내가 아는 농사꾼 한 사람은 이때의 설레는 마음을 마약 같은 것이라 말하기도 했다.

가축 기르는 일에 눈이 중요하다면 논밭 농사는 때를 잘 맞춰야 한다. 가축 중에서도 닭은 체구가 작은 짐승이라 외부 조건의 변화에 민감하다. 그래서 닭이 보이는 미세한 변화를 빨리 알아채고 대처해야 낭패를 막을 수 있다. 반면 작물들은 각각의 특성에 맞춰 가장 적절한 시기에 필요한 일을 해주어야 농사를 제대로 지을 수 있다. 예를 들면 감자는 3월 중하순에 심는데, 너무 이르면 싹이 올라오다 서리를 맞고 너무 늦으면 생육도 늦어져서 장마가 오기 전에 알찬 수확을 할 수 없다.

김매기도 때가 중요하기는 마찬가지다. 잡초가 싹이 터서 막 자라기 시작할 때는 호미로 가볍게 긁어 주기만 해도 될 일을 밀쳐 두다 보면 서너 배의 시간과 노력을 들여도 깔끔하게 해결할 수 없다. 전혀 손을 대지 못하고 잡초가 열매라도 맺게 되면 이듬해 농사는 몇 배 더 어려워진다. 때를 놓치면 속담 그대로 호미로 막을 일을 가래로도 막지 못한다. 그러나 날씨와 계절의 변화라는 게 기계처럼 움직이는 것이 아닌지라 농사꾼은 최선을 다해 판단하고 일하되 결과는 하늘에 맡길 수밖에 없다. 좋은 결과를 원한다고 다 받을 수도 없고 원치

않는 결과를 받지 않겠다고 거부할 수도 없다. 그래서 농사꾼은 순응적이고 절대적인 힘을 상정하고 기원하게 된다.

어느 해인가 겨울 초입에 일이 밀려 아직 무를 뽑지 못하고 있는데 다음 날 기온이 크게 떨어지리라는 예보가 있었다. 나는 밤에 전등을 켜고 시린 손으로 무를 뽑아 밭에 큰 고랑을 내고 무를 묻은 적이 있었다. 일을 하던 중 쉴 새 없이 땅에 몸을 붙이고 무를 뽑아 집어 나르고 묻는 동작을 반복하는 내 모습을 높은 하늘에서 내려다본다면 마치 커다란 자벌레 한 마리가 번데기로 변하기 전에 마지막으로 정신없이 먹이 활동을 하는 것으로 보일 수도 있겠다는 생각이 문득 들었다. 그러자 나는 버릇처럼 상반되는 두 가지 느낌에 빠져들었다.

하나는 이제 나의 삶이 육체적으로나 경제적으로나 꽤 팍팍해졌다는 느낌이었다. 주말에는 여유 있게 쉬면서 문화생활을 하고, 자녀들의 교육비 걱정을 크게 하지 않고, 때로는 가족과 함께 먼 여행을 할 수 있으며, 노후에 대한 불안이 없는, 말하자면 그럴듯해 보이는 삶에서 내 삶이 좁히기 힘든 먼 거리에 와 있다는 것이었다.

이러한 생각은 비애감이나 열패감은 아니고 조금은 쓸쓸하고 을씨년스러운 느낌으로 다가온다. 마치 늦은 가을날 해질 무렵에 가을걷이가 다 끝나고 모든 것이 갈색으로 변한 들판에 철 지난 얇은 셔츠 하나를 걸치고 서 있는 듯한 기분이다. 그러나 어찌하랴. 나는 어렸을 적부터 그런 고즈넉한 분위기를 좋아했으니 내가 지금의 삶을 살아가는 것은 운명이고 필연인지도 모를 일이다. 하지만 그런 분위기를 좋아한다고 해서 얇은 셔츠를 뚫고 살갗에 와 닿는 찬바람까지 편하게 느껴지는 것은 아니다.

또 하나의 생각은 이제 농사꾼으로서 내 삶이 자연이 순환하는 질서 속에 과거보다 훨씬 더 깊숙이 편입되어 간다는 것이었다. 작물의 씨앗을 넣기에 가장 적당한 시기에 대해 갈수록 민감해지고, 일이 많은 여름날이면 밖이 희끄무레한 새벽에 저절로 눈을 뜬다. 벼논에 물꼬를 트지 못했는데 밤에 폭우라도 쏟아지면 자정이 넘은 시간이라 해도 전등을 들고 비를 맞으며 나가보게 된다. 가을이면 잡초의 성장도 기가 꺾이니 그것들을 조금 느긋하게 바라볼 수도 있게 되었고, 낮의 노동으로 지친 몸을 쉴 수 있는 밤이 오는 것이 감사하고, 일을 축 없이 하기 위해 밥을 정성 들여 잘 챙겨 먹는다.

농부는 때로는 몇 발짝 앞서기도 하고 그만큼 뒤쳐질 때도 있지만, 대체로 시간과 더불어 친구처럼 어깨를 나란히 하고 먼 길을 함께 걸어간다. 농부가 시간에 너무 앞서 가면 조바심으로 어리석은 것이고 너무 뒤처지는 것은 일을 너무 많이 벌여 놓은 욕심 때문이다. 항상 시간에 쫓겨 가며 일하는 나는 둘 중 어느 쪽일까. 대부분의 다른 일에서도 그러하겠지만 농사일에서도 욕심과 어리석음은 종이 한 장 차이도 아닐 것이다.

속도와 효율이
놓치는 것들

경운기, 트랙터, 소에 대한 단상

홍순명 전 풀무학교 교장선생님이 책에
서 늘상 '일 안 하고 공부만 하면 도깨비, 공부 안 하고 일만 하면 소
가 된다'고 하셨는데, 내가 꼭 그 소가 되어 가는 것 같다. 초보 농사
꾼에게 2천 평 정도 되는 농사가 만만한 것은 아닌데, 가까이 있는 처
가댁에서 장인어른이 갑자기 병원 신세를 지시는 바람에 일복이 터
졌다. 농사가 시작되면서 책 보겠다는 생각은 아예 하지 않았지만 초
보 농사꾼이 농사에 관한 책 볼 시간까지 내지 못하는 나날이 계속
되다 보니 더럭 겁이 난다.

농촌에서의 새로운 생활이 아직 터를 잡지 못한 탓에 날씨라도 궂
어 일을 안 하고 있으면 괜스레 불안하다. 농사일에 아직 익숙하지 못
하여 요령 있게 일을 처리하기보다는 힘으로 일을 하려 한다는 아내
의 핀잔이 잦을 정도로 우매한 성격 탓도 있고, 일을 시간을 계산하

106

여 적절하게 분배해서 해 나가는 요령도 부족해서 은근히 피곤한 나날이었다.

내가 일하는 모습을 보고 어머니는 '불 만난 뱀처럼', 장모님은 '수염에 불 끄듯이' 일을 한다고 하신다. 사람에게나 짐승에게 마음을 조급하게 만드는 것으로 불만한 게 있겠는가. 두 분이 내 일하는 것을 본 느낌이나 표현이 서로 입이라도 맞춘 듯 똑같다. 어쨌든 마음이 여유롭지 못하다는 이야기이겠다. 덕분에 힘든 일도 제법 맵시 있게 마무리할 수 있게 되었고, 농촌의 상일꾼인 경운기에도 빨리 익숙해졌다. 그러나 아무리 해도 그 녀석의 매캐한 콧김과는 친해지기 힘들다. 경운기는 구조적으로 운전자가 매연을 들이마시게 되어 있다.

경운기는 시골길을 가다 가끔 도랑에 빠져 버린 자동차를 끌어내 주기도 하지만 짐을 운반하고 땅을 가는 일(경운-로타리[로터리]작업)이 주된 기능이다. 경운기에 달려 있는 로타리 기계는 끝이 뭉툭하게 구부러진 18개의 칼날을 축에 엇갈리게 붙여 놓고 이것을 회전시켜 땅을 갈고 흙을 부수는데 그 작업을 하다 보면 마치 땅을 난도질한다는 생각이 든다. 경운기의 무거운 바퀴는 땅을 짓이기고, 잘게 부서진 흙은 오히려 흙 입자들 사이에 물이나 공기를 품을 만한 공간을 없애 버려 나중에 땅을 더 굳게 만든다고 하고, 사정없이 돌아가는 칼날에 그나마 몇 안 남은 지렁이가 몸뚱이가 동강난 채 꿈틀대는 것을 보면 참 폭력적이다. 지난가을 예취기(등에 지고 엔진을 돌려 풀을 베는 기계)로 산소에 벌초를 할 때 빠른 속도로 돌아가는 칼날이 한 번 벤 풀이나 나무줄기를 몇 번이고 동강내는 모습과 똑같았다.

날을 잘 세운 낫으로 벤 풀은 얼마나 깔끔한가! 경운기나 예취기는 땅이나 풀에 대하여 예의 같은 것은 전혀 가지고 있지 않아 보인다. 또 그 기계들이 내는 소음은 되바라지고 시끄러워 그들의 행동만큼이나 땅에 대해서 폭력적이고 불경스럽기까지 하다. 그렇지만 경운기로 일하는 모습은 트랙터에 비하면 오히려 목가적이다. 외모가 그다지 세련되지 않았을 뿐 아니라 사람이 손으로 방향을 조절해 가며 땅을 한 고랑씩 천천히 가는 모습은 소를 이용해 쟁기질하는 것과 닮은 데도 있어 보인다.

요즘에 농사 규모가 웬만큼 되는 사람들은 트랙터를 보유하고 있는데, 그 녀석은 경운기의 예닐곱 배에 해당하는 가격만큼 성능도 월등하다. 트랙터로 갈린 논은 흙덩어리 하나 남지 않고 2m 정도 되는 너비의 땅을 깨끗하게 평정한다. 트랙터 앞부분에는 포크레인처럼 거름이나 흙을 떠서 담을 수 있는 바가지가 달려 있는데 그것을 높이 쳐들고 일을 하는 모습은 마치 갈고리진 앞다리를 높이 세우고 전투 자세를 취하는 사마귀를 연상케 하지만 둔중한 엔진음과 기계가 움직이는 소리, 그리고 정밀한 기계 장치가 합해져 땅을 가는 모습은 거침없이 전장을 질주하는 탱크와 같다.

경운기와 트랙터가 땅 가는 일을 떠안으면서 옛날의 쟁기질하는 소들은 마치 지나 버린 시대의 유물이나 기념품처럼 동네마다 한두 마리 정도씩 남아 있다. 그리고 그 파트너들은 모두 80 전후의 노인들이다. 대부분의 소들은 1년 내내 밖에 나갈 일이 없이 우리 안에서만 지내는 바람에 녀석들의 발굽은 마치 요즘 젊은 아이들이 즐겨 신는 긴

코를 한 구두처럼 아주 우스꽝스럽고 기괴한 모습을 하고 있다.

경운기와 트랙터에 비하여 무논에서 소가 쟁기질하는 모습은 소가 쟁기와 사람과 더불어 마치 땅을 애무하는 것 같다. 쟁기에는 보습이 두 조각 붙어 있다. 아래쪽에 붙어 땅을 파는 것은 거의 평면으로 된 삼각형인데 뾰족한 끝 부분은 기와집 추녀 끝처럼 위로 살짝 들려진 모습이다. 위쪽에 붙어 있는 조각은 밑에서 파헤쳐져 올라오는 흙덩이가 옆으로 넘어질 수 있도록 오른쪽으로 비스듬하게 부드러운 곡선을 그리며 기울어져 있다. 쟁기가 앞으로 나아가면 흙덩이가 보습을 따라 올라오다 제 무게를 못 이겨 한 덩이씩 천천히 논물 속으로 고꾸라지는 모습은 유장하면서도 허망하다. 천천히 물방울을 튀기며 걷는 소는 세월 같은 건 아예 잊은 듯한 모습이다. 나이 많은 농부와 경험 많은 소가 함께 어우러진 쟁기질은 한편의 행위예술이다.

훈련이 잘 된 소와 그의 오래된 주인간의 호흡은 리듬감이 넘치고 주인이 소를 지휘하는 소리는 농부들마다 독특한 색깔을 가지고 있어 글로 표현하기 어렵지만 얼핏 들어 보면 판소리의 추임새 같기도 하다. 한결같이 어르고 달래는 느낌이 절로 든다. 그러나 훈련을 끝내고 이제 막 실전에 뛰어든 소나, 남의 소를 빌려 쟁기질을 하여 서로 호흡이 맞지 않았을 때 소의 힘을 당할 수 없는 농부가 소를 통제하기 위해 쟁기에 매달려 안간힘을 쓰는 모습은 애처롭기까지 하다.

요즘에 소 쟁기가 농촌에서 외면 받는 이유는 쟁기질을 능숙하게 하기까지 소를 길들이기에 많은 시간과 노력이 필요하다는 점도 있겠지만 무엇보다도 기계에 비해 효율이 떨어진다는 점 때문이다. 그러나 소 쟁기는 기계가 닿지 않는 구석진 곳을 쉽게 갈 수 있고 두둑의 너비를 자유자재로 낼 수 있어서 허우대 좋고 힘만 뽐내는 기계들의 뒤치다꺼리를 꼼꼼하게 해치운다. 또 소는 석유를 먹지 않고도 힘을 내며 실제로 소로 쟁기질한 논에 심은 벼가 뿌리를 더 빨리 내린다고 경험 많은 농부는 말한다. 여기서 사람들이 당연하게 생각하는 효율의 서열은 무너진다. 그렇지만 사람들은 갈수록 경운기의 회전수를 높여 흙을 더 곱게, 더 깊게 갈려고 애를 쓸 뿐만 아니라 젊은 농부들은 모두 트랙터를 소망한다.

나도 소 쟁기질을 한번 배우고 싶지만 실현될 수 있을지 의문이다.

식물에게도
개성이 있다

초보 농사꾼의
감자 키우기

2001년 3월 20일은 나에게 매우 뜻 깊은 날이다. 내가 처음으로 땅에 씨앗을 넣었기 때문이다. 물론 그 전 가을에 자운영 씨를 얻어다 논에 뿌려 보았지만 그것은 수확을 목적으로 한 것이 아니었기 때문에 그 날이 내 농사의 이력에서 실질적인 첫 파종이라고 할 만하다.

우리 동네 전체를 통틀어서도 내가 가장 먼저 씨앗을 넣은 것 같다. 3월 초에 전 해 가을부터 삭혀 둔 돼지 똥거름을 듬뿍 집어넣고 약간의 화학비료를 뿌리고 경운기로 밭을 갈아 손으로 골을 타서 다음 날 종자를 심을 준비를 해 두었다. 이튿날 아침에 종자를 가지고 밭에 나가 보니 산짐승 발자국이 여럿 나 있었다. 아직 나무에 새순이 돋기 훨씬 전이라 배고픈 짐승들이 무언가를 찾으러 내려왔던 모양이다.

땅에 묻힌 감자를 이 녀석들이 파먹지나 않을까 나는 미리부터 걱정이 되기 시작했다. 서울에서 들었던 강좌에서 우리 조상들은 씨앗을 뿌려 1/3은 날짐승이 먹고, 또 1/3은 벌레가 먹고, 그 나머지 1/3을 사람이 먹었다는 이야기를 듣고 그 생태주의적인 감성과 여유로움에 감탄한 적이 있었는데, 내가 초보 농사꾼으로서 지나친 조바심을 내고 있는지 모르겠지만 지금 생각해 보니 조상들은 벌레, 짐승 들에 대한 방제 수단을 가지고 있지 않았기 때문에 울며 겨자 먹기로 빼앗겼던 것이 아니었을까 생각했다. 나는 산에 빨리 새순이 돋아 그 녀석들이 다시는 우리 밭을 찾지 않기를 무척이나 바랐다.

씨앗을 넣은 지 20일이 더 지난 4월 11일 날 드디어 볕이 많이 드는 쪽에서부터 싹이 돋기 시작했다. 경험이 없고 성마른 초보 농사꾼은 씨앗을 넣은 다음 날부터 싹 나오기를 기다렸다. 열흘이 지나도 아무 기척이 없자 너무 깊게 덮은 것은 아닌지, 아니면 너무 얕게 덮어 서리로 얼어 버린 것은 아닌지, 혹시 속에서 썩어 버리거나 짐승이 입을 댄 것은 아닌지 내심 애를 많이 태웠다. 감자는 싹이 나오기까지 걸리는 시간의 차이가 심해 파종한 지 40여 일이 지나서야 뒤늦게 나오는 지각생도 있다. 사람처럼 동물이나 식물에게도 개성이라고 할 만한 것이 있다는 느낌이 든다.

처갓집에는 소가 세 마리 있는데 한 녀석은 어미라서 그런지 몰라도 행동이 아주 점잖고 묵직하며, 음식 투정을 하지 않고 열심히 먹어 대는 편이고, 한 녀석은 호기심이 많아 낯선 물건을 접하면 꼭 혀로 핥아 보거나 윗니 없는 입으로 물어 보기도 하는데, 경계심이 많아 내가 가까이 갈 때 화들짝 놀라 피하거나 가끔 뒷발질을 하기도 한다. 제일 작은 녀석은 사람을 비교적 잘 따르는 편이다. 거의 비슷한 조건에서도 감자가 싹이 트는 시기나 발육 상태가 큰 차이를 나타내는 것을 보면 식물에게도 소와 비슷한 개성이 있을 것 같다.

한 번은 싹이 안 나오는 녀석의 상태가 궁금하여 흙을 헤쳐 보다가 흙 속에서 한창 올라오고 있는 노란 순을 잘못 건드려 부러뜨린 적이 있다. 중국의 어떤 고전에 성미 급한 농부가 작물이 더디 크는 것을 참지 못하고 줄기를 잡아 뽑아 올렸다는 고사가 있는데 나도 그와 똑같은 한심한 농부다.

산짐승 다음으로 나의 애를 태운 것은 두더지다. 그 녀석은 주로 씨감자가 묻힌 고랑 쪽을 뒤지고 다니는데, 그 녀석이 지나간 곳을 파 보면 씨감자가 두더지 굴 위로 허공에 떠 있는 형상이다. 나는 감자 뿌리가 흙에서 떨어지지 않도록 밭 전체의 1/4 정도를 휩쓸고 다닌 두더지의 뒤를 따라 발로 꼭꼭 밟고 다녔고, 어머니는 사람 머리카락을 보면 두더지가 사라진다는 속설에 따라 고랑에 머리털을 심고 다니셨다. 나중에 보니 그 녀석이 뒤지고 다닌 곳의 감자가 어느 하나 시든 것을 볼 수 없었고 싹은 그곳에서도 여전히 나오고 있었다. 실제로 두더지가 작물에 피해를 주는 일은 거의 없다. 오히려 우리 밭에 두더지의 먹이가 되는 지렁이가 많다는 증거이니 좋게 생각할 일이다. 지렁이가 너무 귀하다 보니 그 녀석이 온 밭을 그렇게 헤매고 다닌 것은 아닐까.

우리 동네는 남쪽이지만 해발 250m 정도 되는 산골이라 봄에 서리가 늦게까지 온다. 4월 말에도 서리가 와서 감자 몇 그루가 잎이 노랗게 타들어 갔다. 나는 씨감자를 심기 전에 선배 농사꾼의 조언을 듣고 현미식초와 목초액을 희석한 물에 쪼갠 씨감자를 담갔다 건진 다음에 비닐하우스에 여러 날을 둠으로써 이른 봄 외부 기온의 변화에 적응할 수 있도록 훈련을 시켰다. 그 덕분인지 그 녀석들도 완전히 시들지 않고 꿋꿋하게 잘 버텨 주고 있다.

대개 작물들의 떡잎은 비슷한 모양으로 동그랗다. 그러다 잎의 수가 점차 많아지면서 잎에 홈이 생기기 시작하고 갈수록 그 홈은 뚜렷하고 깊어져서 그 종 특유의 잎 모양을 갖춰 간다. 벌교의 강대인 선생은 잎의 그러한 변화가 우주와 별들의 기운 때문이라고 했는데 정말 그런 것일까. 아무튼 건강한 잎은 두껍고 윤기가 난다. 또 길이가 짧고 넓으며 잎맥이 선명하고 자신만만하게 펼쳐져 있으며 잎에 난 홈도 더 큰 데 반해 건강하지 못한 개체의 잎 모양은 그 반대이다.

요즘에 감자밭에서 나를 긴장시키는 것은 이곳 어른들 말로 어새미라는 애벌레이다. 어느 날 아내와 함께 어새미를 소탕하러 간 날 잎을 돌아다니는 칠점 무당벌레를 보고 우리의 친구라고 소개했고 시든 감자 포기 아래서 어새미 녀석을 찾아내지 못한 아내는 나에게 핀잔을 들었다. 무당벌레는 인간에게 도움을 주고자 하는 의지가 있어서 친구가 된 것이 아닐 테고, 어새미는 '바로 그곳에' 성찬이 있어 본능에 충실했을 뿐 우리에게 해를 끼치고자 감자 순을 갉아먹은 게 아닐 텐데 나는 그 둘을 구별하고 어새미를 미워하며 죽인다.

어새미로서는 참 억울할 일이다. 이 녀석들도 감자 순을 충분히 먹고 번데기를 거친 후 우화하여 멋지고 우아한 날개를 가진 어떤 나비가 될지도 모른다. 내가 아무리 우아한 날개를 가진 나비를 감탄하고 생태계의 균형에 가치를 둔다고 하여도 이 녀석을 보고도 죽이지 않는다면 나는 예술가는 될지언정 농부라고 할 수는 없겠지.

이틀 전에 혼자 밭에 나가 어새미를 잡다가 시든 감자 뿌리 근처에 숨어 있던 개구리가 갑자기 튀어 올라 오줌을 찍 갈기며 달아나는 바람에 나는 하마터면 엉덩방아를 찧을 만큼 두 번이나 놀랐다. 그 개구리들은 아마 나보다 더 놀랐겠지.

물은 벼를 짓고
벼는
목숨을 짓는다

논물 대기

　　오늘도 유례없는 가뭄이 계속되는 가운데 메마른 바람이 대지에 남아 있는 마지막 물 한 방울이라도 날려 버릴 듯 불어 댔다. 그 바람에 머리에 얹힌 밀짚모자가 몇 번이나 날아갔는지 모른다. 아침엔 미동도 없던 바람이 낮이 되면 어김없이 일어난다. 이렇게 바람이 불어 대면 물의 증발도 더 활발해지는 모양이다. 어렵사리 논에 들어온 물이 이럴 때 더 빨리 마르는 것 같다. 충청도에선가 우리 동네로 이사와 혼자 몸으로 논 여섯 마지기 농사를 지으며 살고 있는 노파는 "이렇게 바람이 불면 물이 춤을 추면서 하늘로 올라간대요" 하며 가뭄과 바람에 대한 원망을 슬프게 표현했다.

　극심한 가뭄에도 우리 동네의 모내기는 보리를 재배한 이모작 논을 빼면 거의 마무리 단계이다. 우리 집도 약 천 평 정도 되는 논에 모내기를 마쳤다. 전기 모터가 없었다면 관개 시설이 부실한 산골에서

는 상상할 수도 없는 일이다. 전날 나는 비료를 지게에 지고 냇가의 보 위를 건너다 고무신이 미끄러지는 바람에 돌로 쌓은 2m 높이의 보 아래 냇물로 굴러 떨어졌다. 가뭄 덕분에 물에 빠진 생쥐 꼴은 면할 수 있었다. 그럭저럭 일을 마치긴 했지만 다음 날 자고 일어나 보니 엉덩이와 발목이 너무 욱신거려 병원에 가서 진찰을 받아 보아야 했다. 다행히 뼈는 이상이 없었다.

그날 내가 못짐을 지고 떨어진 것을 본 아내는 손으로 모판을 나르면서 눈물 바람을 좀 한 것 같다. 아버지가 가을에는 볏짐, 봄에는 보릿짐이나 무논에 넣을 생풀짐을 지고 위험스럽게 건너면서 농사를 지어 자식들 키우고 가르쳤던 그 길, 그러다가 나처럼 넘어지기도 했을 그 길을 올해부터 내가 또 건너게 되었다. 내 손으로 지은 것을 내 자식에게 먹일 수 있게 되었다는 생각에 비로소 내가 어른으로서의 몫을 제대로 하는 것 같아 뿌듯하기도 했지만, 자식인 나에게 유전되어 온 그 일이 아버지가 그토록 면하고 싶은 일이었으리라 생각하니 까닭모를 슬픔에 젖어 들기도 한다. 가까이에 계셨던 어머니는 말씀이 없으셨지만 가슴이 무너져 내렸을 것이다.

모내기를 하려면 겨우내 메말랐던 논바닥에 두엄을 깔고 쟁기나 경운기로 한두 번 갈아엎은 다음 물을 끌어들이게 된다. 저수지가 있는 들판에서는 농사철이 시작되면 물꼬를 열고 저수지에서 내보내는 물을 받으면 되지만, 산골에서는 흐르는 시내에 둑(보)을 쌓고 산이나 언덕 밑으로 난 좁다란 물길을 만들어 논까지 물을 댄다. 산골의 좁은 개천에는 대개 백 미터마다 보가 하나씩 있고 하천의 폭이 커질

수록 보가 들어서는 간격도 멀어지고 그 혜택을 입는 경작지의 면적도 많아진다.

논에 물이 다 차면 논두렁을 정성스레 밟아 붙이고 경운기로 로타리를 친 다음 써레질을 해서 논바닥을 고르고 흙탕물이 잠기기를 기다려 하루나 이틀 후쯤 모를 심는다. 그래서 산골에서 농사철이 되면 보를 수리하고 물길인 봇도랑을 다듬게 되는데 이 일은 그 물을 받아 쓰는 집에서 함께한다. 냇물 건너 우리 논에 들어올 물을 대어 오는 보는 전에는 다섯 집이 함께 썼는데 남쪽으로 산이 가로막아 일조 시간이 적고 길도 좋지 않아 농사짓기를 포기한 논이 있어 지금은 세 집에서 그 물을 이용한다. 세 집 중에서 이장일을 맡고 있는 젊은 사람은 대농이라 바빠서 못 나오고 나와 팔순을 바라보는 영감님과 둘이서 보와 도랑을 손보게 되었다.

보 어귀에서 시작된 도랑은 우리 논까지 2백 미터 정도 되는데 겨우내 산에서 떨어진 낙엽이 수북이 쌓여 있고 거기에 잡초까지 길게 자라나 있었다. 보에서 도랑에 물을 대고 흐르는 물을 따라가면서 쌓인 낙엽을 갈퀴로 긁어내고 잡초는 낫으로 베어 내고 도랑둑이 터진 곳은 돌과 흙으로 다시 막는다.

보에서 상당히 많은 양으로 출발한 도랑물은 제법 호기 어린 속도로 새로운 여행을 떠나게 된다. 겨우내 얼었다 녹았다를 반복하면서 부풀려진 바닥을 촉촉하게 적시며 때로는 제대로 잘리지 않은 풀 끄트머리를 건드려 보기도 하고, 도랑가의 작은 돌멩이나 나뭇가지, 또는 풀줄기를 만나 똑같은 것 하나 없는 무늬를 표면에 그려 내기도 한다. 또 도랑 바닥에 평평하게 누운 바위 위를 미끄럼타기도 하고 작은 낭떠러지를 만나면 똘똘똘, 촬촬촬 갖가지 소리를 내기도 하면서. 어쩌다 모퉁이 돌을 만나면 마치 오랫동안 헤어졌던 옛 친구라도 만난 듯 잠시 머물러 맴돌다 회포가 풀리면 다시 길을 잡아 아쉬운 듯 발걸음을 떼기도 한다.

겨우내 낙엽 밑에 보금자리를 틀었던 개미와 거미, 지렁이를 비롯해 이름을 알 수 없는 벌레들은 갑작스런 물난리를 만나 정신없이 피하면서 물이 끊길 가을까지는 거머리나 참개구리, 무당개구리 또는 여러 물벌레 들에게 자리를 내줄 수밖에 없다. 수온이 비교적 낮은 이곳에는 뱃가죽에 검고 붉은 반점이 있고 등은 녹갈색에 작은 돌기가 많으며 참개구리와 청개구리의 중간 정도 되는 크기의 무당개구리가 많이 산다. 이 녀석들은 생김 자체도 친근감과는 거리가 먼데 위험을 만나면 등을 둥글게 휘어 붉은 반점이 있는 뱃가죽을 전면에 드러내고 발랑 뒤집어져서 혐오감을 주다 잽싸게 도망가는 습성이 있다. 어렸을 적에는 이 녀석들을 괴뢰군개구리라고 불렀는데 징그러운 생김 때문에 별로 잡지는 않았다.

봇도랑을 손보는 일은 마치 먼지에 쌓인 채 사람들 머리에서 잊힌 유적지를 어린이들이 우연히 발견하고 신기한 기분으로 헤집고 다니는 것 같다. 처음부터 끝까지 어떤 갈등이나 극적인 반전 없이 잔잔하게 흘러 끝난 후에 가슴속에 은은한 여운을 남기는 사랑 영화를 한 편 본 듯도 하다.

도랑이 논에 이르는 거리의 중간 정도에서 물은 어느 틈에 땅속으로 다 스며 버리고 한심스런 양만이 남아 앞길을 열기가 무척 힘들다. 보 입구에서 1분에 3~4m를 전진하던 이 녀석은 이쯤에 이르러 3~4cm를 가기가 벅차다. 그러다 잠시 후에는 아예 멈춰 서 버린다. 그 많던 물이 다 어디로 간 것일까. 겨우내 부풀려진 땅이 물기를 다 머금어야 통행을 허락해 줄 모양이다. 같이 일하던 이웃집 노인은 그 후에 우리 논보다 더 먼 곳에 있는 자기 논까지 물을 끌고 가기 위해 도랑 바닥을 몇 번이고 발로 밟아 다져야 했다.

땅과 물은 서로 손을 잡고 요술을 부린다. 이러한 요술은 여러 해 동안의 농사 경험을 거친 후에야 조금씩 이해될 수 있을 것이고 그에 따라 초보 농사꾼도 조바심 내지 않고 그 요술을 즐기며 기다릴 수 있게 될 것이다.

도랑물이 멈춰 버리자 할 일이 없어진 나와 영감님은 둑에 앉아 이야기나 하는 수밖에 없다.

"나 전에는 밤 열한 시에도 물 지키러 보까지 자주 다녔어. ○○양반이 자주 와서 보를 터 버리니께. 자기 보가 이 아래 있지 않은가. 저기 보 어귀 음침한 데는 낮에도 기분이 별로 안 좋은데 밤에는 무섬증이 많이 들곤 했어."

물싸움은 당연히 논을 이웃하고 있는 사람들 사이에서 일어난다. 남들이 하루 일을 끝내고 잠이 들 만한 늦은 시각에 들에 나가 슬그머니 물꼬를 자기 논으로 돌려놓으면 물을 빼앗긴 농부는 아침에 자기 논에 물이 빠져 버린 것을 발견하고 논둑에서 싸움을 하게 되는 것이다. 그러나 물싸움은 그야말로 칼로 물 베기이다. 벼 꽂힌 논바닥이 말라 가는 것을 안타까워하는 마음이야 농사짓는 사람이면 누구나 자주 겪어 본 일이기에 물싸움은 뒤끝이 있을 수 없다. 오죽하면 농부들 옛말에 자기 자식 목에 밥 넘어가는 소리와 자기 논에 물 들어가는 소리가 제일 듣기 좋다고 했겠는가.

물싸움은 가뭄 때만이 아니라 큰 비가 왔을 때도 가끔 일어난다. 자기 논에 물이 휩쓸려 들어와 벼가 상할 것을 염려한 농부가 우선 급한 김에 물길을 아랫논으로 대책 없이 돌려 버리면 이제는 물이 천덕꾸러기 신세가 되어 싸움거리가 되고 만다.

나는 오늘 우리 아버님과 비슷한 연배인 이 영감님과 도랑일을 같이했지만 모내기를 끝내면 부족한 도랑물을 서로 더 많이 내려받기 위해 은근한 신경전을 펼치게 될 것이고, 나이나 농사 경험으로 보아 나는 절대적으로 불리한 입장에 서게 될 것이다. 그런데 나의 약점을 만회할 일이 생겼다. 그 댁 논에 물이 잡히면 이장이 트랙터로 로타리를 쳐 주기로 했는데, 트랙터가 들어올 길이 되는 다른 논에 모를 심어 버려 내가 경운기로 로타리를 쳐 드리게 된 것이다. 나는 서툰 솜씨지만 성의를 다했고 무사히 모내기를 마친 영감님 내외는 나를 만날 때마다 살가운 표정이 역력하다.

그러나 물싸움에 대한 나의 걱정도 올해 같은 심한 가뭄에는 아직까지 기우에 그치고 있다. 흐르다 말다 하는 도랑물에 전혀 기대할 수 없는 두 집에서 각자 전기 모터로 물을 냇물에서 끌어올려 논에 대고 있기 때문이다. 영감님과 물을 두고 서로 신경전을 벌이게 되더라도 비가 빨리 내려 순리대로 봇도랑을 타고 오는 물을 내려받아 농사를 지을 수 있다면 참 좋겠다.

어떤 씨앗도 물 없으면 싹이 나지 않고 더구나 자랄 수 없다는 것을 한 해 봄농사만으로도 몸으로 느꼈다. 물이 벼를 짓고 그 벼가 사람의 목숨을 지으니 물은 생명줄이 아니라 생명 그 자체이다.

내가 지은 쌀로
누군가를 먹인다는 것

처음 지은 벼농사

　　　　　　정부 수매에 벼를 내다 놓음으로써 올
해 쌀농사가 사실상 마무리되었다. 농촌에서 농민들이 목돈을 만져
볼 수 있는 흔치 않은 때이다. 올해 벼는 생산량도 많고 색깔도 어느
때보다 좋다. 그러나 정부의 수매량이 줄어들고 산지 쌀값이 떨어지
고 정부가 쌀 증산 정책을 포기한다고 하고 내년에는 수매가가 사상
처음으로 하락할 거라는 보도 등이 있어 공판장에 벼를 갖고 나온
농민들의 얼굴은 그다지 밝지 못하다. 대부분의 벼가 1등 판정을 받
은 것이 그나마 위안거리이다. 그렇지만 통장에 입금되는 몇백만 원
의 수매대금은 봄에 미리 끌어다 쓴 영농자금과 외상으로 갖다 쓴 농
자재 대금과 함께 빠지면서 곧바로 허깨비가 될 것이고, 농민들의 손
에는 어느 해보다 좋은 벼를 냈다는 뿌듯함만 허망한 보상으로 남을
것이다.

볍씨를 파종해서 수확하기까지는 대개 180일 정도 걸린다. 남녘의 들판에서는 160일 만에 이 과정이 끝나기도 한다. 4월 중순이 되면 볍씨를 소독약을 푼 물에 담그고 싹이 트면 4월 20일 경에 모판에 넣은 후 비닐 터널을 해서 덮는다. 손으로 모를 심던 옛날에는 무논에 넓은 두둑을 만들고 반듯하게 고른 못자리에 직접 볍씨를 뿌렸다.

그러나 이앙기가 등장하여 사람이 손으로 직접 모심기하는 것을 보기 힘든 요즘은 가로 30cm, 세로 60cm 정도의 플라스틱 모 상자에 체로 친 황토를 담고 그 위에 볍씨를 뿌린 다음 다시 고운 흙으로 얇게 덮어 두었다가 싹이 흙을 뚫고 올라오면 상자를 모판에 낸다. 요사이는 비닐 터널 대신 햇빛을 반 정도 투과시키면서 보온과 통기성을 갖춘 흰색 부직포를 덮어 주는 새로운 방식이 퍼져가고 있다.

5월 20일 경이면 모의 길이가 10~15cm정도 되고 이때부터 모내기가 시작된다. 이후의 과정은 물을 적당하게 조절하는 것과 병충해 방제만 잘 해주면 된다. 제초제 덕분에 잡초를 매기 위해 손톱이 해지도록 고생하던 것은 아주 옛날 일이 되었다.

나는 올해 천 평 정도의 논에 벼를 심었는데, 벼가 다른 어떤 작물보다 생육기간이 길고, 그 기간을 대부분 물속에서 보낸다는 특성 때문에 섣불리 관행을 벗어난 재배 방식을 적용하기가 어려웠다. 또 농사 하면 벼농사를 의미할 만큼 사람들 의식 속에 벼의 자리가 크고, 내년에 농사를 늘리려면 동네 사람들이 어느 정도 신뢰할 수 있는 결과를 가을에 보여 주어야 할 필요도 있었다. 그래서 밑거름으로 이른 봄에 산에서 낙엽을 긁어다 논에 뿌린 것을 빼고는 관행의 방식을 따르되 다만 제초제를 쓰지 않고 손으로 김을 매기로 했다.

6월 하순부터 논매기에 들어갔다. 이때는 벼가 땅에 뿌리를 내리고 본격적으로 크는 시기로 동네 어른들은 아침저녁으로 논을 한 번씩 둘러보기만 하고는 낮 시간 대부분을 시원한 당산나무 그늘 아래 정자에서 누워 보내고 있었다. 옛날 같으면 남자는 논매기로, 여자는 콩밭매기로 나날을 보냈을 때이다. 성인 남자가 하루에 3백 평은 맬 수 있다는 어른들의 말을 듣고 나는 3일이면 우리 논의 초벌매기를 끝낼 수 있을 거라는 계산이 앞섰다.

그러나 정작 논에 들어가서 시작해 보니 우리 논에는 잡초가 너무 많아 하루에 50평을 해내기가 쉽지 않았다. 또 땡볕 아래서 계속 엎드려 있어야 하고 벼가 부러질까 봐 쭈그려 앉을 수도 없었다. 생각보다 훨씬 힘이 들어 한나절 이상을 계속할 수가 없었다. 한번은 욕심을 내어 하루 종일 김을 매고는 그날 저녁 몸살 기운을 느껴야 했다. 땀에 젖은 등짝에는 가끔 땀 냄새에 이끌린 쉬파리들이 찾아와 바늘처럼 쏘아 대기도 하는데, 진흙투성이 장갑을 낀 손이라서 철썩 때리거나 시원하게 긁을 수도 없다. 어머니와 둘이서 초벌매기를 끝내고 나니 날짜가 많이 지나 처음 맸던 곳은 김을 매기 전보다 잡초가 더 많이 자라 있었다. 도중에 다른 일을 하느라 논에 들어가지 못한 날이 많았지만 두벌매기를 마치니 8월 초순이다. 이후로는 벼의 키가 거의 자라나서 포기 사이에 햇빛이 잘 들지 않게 되는데 그러면 잡초가 얼마간 있더라도 벼의 생육에는 그다지 지장을 주지 않는다.

논매기는 내가 치른 농사일 중에서 가장 힘든 일이다. 장갑을 끼지 않았다면 손톱이 다 닳아서 일을 계속할 수 없었을 것이다. 그래서 전에는 대나무를 짧게 잘라 골무처럼 손가락 끝에 끼우고 김을 매기도 했다고 한다. 그나마 어머니가 도와주셨기 때문에 겨우 논매기를 마칠 수 있었다. 아들이 내려오더니 어머니가 전에 안 하던 일까지 한다는 쑥덕거림이 있을까 봐 만류했지만 이 일의 어려움을 익히 알고 계시는 어머니는 막무가내로 끝까지 함께 해주셨다. 제초제가 처음 등장해서 농부들이 논밭 매는 일에서 해방되었을 때 제초제를 기적의 약으로 불렀다는 것을 이해할 수 있었고, 또 농부들이 제초제를 포기한다는 것이 얼마나 어려운 일일지 짐작할 수 있었다.

어떤 사람들은 수확 직전에 펼쳐지는 황금색 들판의 풍요를 찬미하지만 벼의 한 살이에서 가장 아름다운 색조를 띠는 것은 아무래도 9월 중순경이다. 이때는 낱알에 살이 오르면서 이삭이 고개를 숙이기 시작하고 진한 녹색이었던 볏잎이 점차 탈색되어 연두와 연노랑으로 뒤섞이며 눈부시게 변해간다. 눈가에 가는 주름이 지기 시작하지만 아직은 젊고, 생의 절반쯤에서 체득함 직한 원숙함을 부드러운 미소로 조금씩 드러내 보이는 40대 여인네의 모습이다. 아침에 둘러본 논에는 옛날보다는 많이 줄었지만 볏잎 끝을 모아 만든 작은 거미줄이 하얗게 널려 있고, 거기에 내린 이슬 위로 이제 갓 오르는 햇살이 비치기라도 하면 가슴이 벅차오른다. 행복한 아침이 열리는 것이다.

9월 하순에 벼논에 자운영 씨앗을 뿌리고 10월 중순경부터 수확이 시작되었다. 이앙기가 등장하면서 모내기가 식구들만의 일로 싱겁게 끝나 버리듯이 벼를 수확하는 데에도 콤바인이라는 기계 덕에 오

래전부터 남의 손을 빌 필요가 없게 되었다. 옛날에 낫으로 벼를 벨 때에는 아침에 아버지가 식구들 숫자만큼의 낫을 서리가 내리듯 숫돌에 잘 갈아 두고 감이나 삶은 고구마로 새참을 준비해서 이슬이 깨기를 기다려 들로 나갔다. 왼손으로 벼 포기를 두세 개씩 움켜쥐고 오른손으로 낫질을 하는 동작을 대여섯 차례 반복하여 한 주먹씩 논바닥에 깔아둔다. 왼손에 쥔 볏단의 끝에서 전해지는 이삭들의 묵직한 찰랑거림은 눈이 느끼는 것과는 다른 결실의 기쁨이며, 잘 갈린 낫으로 벼 포기를 벨 때 나는 싹둑거리는 소리와 깨끗하게 잘린 밑동의 모습은 야릇한 쾌감을 주기도 한다.

단순한 동작의 끊임없는 반복은 결국 온몸이 동원되는 규칙적인 율동이 된다. 낫으로는 어른 한 사람이 하루에 3백 평 정도의 벼를 벨 수 있다는데, 콤바인은 그것을 30분이면 해치운다. 콤바인에서 떨어지는 벼 포대의 수를 세면서 농부는 결실의 기쁨을 손이 아닌 눈과 머리로만 느끼는 것이다. 콤바인은 사람들에게 땀과 수고를 덜어주었지만 그와 더불어 사람들이 감각을 풍요롭게 담금질할 수 있는 기회도 빼앗아버린 셈이다. 그래서 모든 기계는 인간과 대상과의 직접적인 접촉을 차단함으로써 인간을 점점 더 단조롭고 추상적인 존재로 만들어 버린다는 점에서 별로 예외가 없다.

수확한 벼는 집으로 들여와 말리는데 좋은 볕에 이틀 정도 말리면 적당하다. 덜 마르면 쌀에 바구미가 생기고 변질되기 쉬우며 너무 오래 말리면 밥맛이 떨어진다. 이 시기에는 포장된 도로라면 어디든지 벼가 차지하게 되는데, 마을 안길이나 마을 진입로, 농로 등은 물론이고 국도나 지방도까지 나오기가 일쑤다. 이럴 때는 차를 몰고 다니는 것도 동네에서 눈치가 뵈고 민망하다. 벼를 말리는 일이 쌀의 품질과 직결되고 품이 많이 드는 일인지라 요즘에 벼농사를 크게 하는 사람들은 벼 건조기를 많이 쓴다. 불을 때서 벼를 짧은 시간에 억지로 말리는 것이다. 또 미곡처리장에서도 말리지 않은 벼를 대량 수매해서 대형 건조기로 밤을 새워 말린다. 이렇게 하면 벼를 밖에 널어 두고 비가 올까 조바심을 내지 않아도 되고, 벼를 내다 널고 젓고 다시 포대에 담아 들이는 수고를 하지 않아도 된다. 그러나 건조기로 말린 벼는 시간을 들여 햇빛에 말린 벼보다 쌀 맛이 떨어진다.

잘 말린 벼는 봄에 약정한 숫자대로 정부 수매에 내놓고 나머지는 방아를 찧어 집에서 먹거나 시장 상인에게 팔기도 한다. 나는 벼 심은 면적이 얼마 되지 않아 봄에 수매 신청을 하지 않았다. 그만한 면적에서 식구들과 형제들 나눠 먹을 만큼만 나오면 다행이겠다 싶었다. 방아를 찧어 보니 3백 평당 다섯 가마니씩은 나올 것 같다. 봄에 생각했던 것보다 더 나온 셈이다. 농사 경험이 많은 사람들은 그 면적에서 여섯 가마니 정도를 낸 것 같고, 땅이 좋은 들판에서는 거기서 또 한 가마니 정도씩은 더 나왔을 것이다. 성인 한 사람이 1년에 쌀을 90kg 정도 먹는다고 하니 나는 그 좁은 논에서 열두어 명의 1년치 식량을 만들어 냈다. (그사이 2012년 기준으로 69.8kg으로 줄었다.)

에리히 프롬은 어디선가 가난이 주는 고통은 원하는 만큼 소비를 못하는 데 있다기보다는 남과 더불어 나누는 즐거움을 누리지 못하는 데 있다고 했다. 다분히 관념적인 판단 같지만 그래도 이 말은 일

말의 진실을 담고 있다. 내가 지은 쌀이 나오자 나는 이것을 누구에 겐가 주고 싶어 마음이 바빠졌다. 누님들에게도 한 포대씩 보내 주고, 신세를 졌던 고마운 친구에게도 주고 두 가마니는 아는 사람에게 팔기도 했다. 집에서 밥을 지어 보니 벼를 사흘이나 말려 색이 다소 누 렇기는 하지만 달고 고소한 맛이 다른 쌀보다 더 나은 것 같고, 쌀눈 이 또록또록하게 붙어 있다. 내가 만든 쌀로 처음 지은 밥을 아이들 이 먹는 것을 보는 느낌은 제법 각별했다. 봄에 딸아이에게 약속한 만큼 최고의 밥은 아니지만 적어도 우리 동네에서는 가장 좋은 쌀일 것이다.

벼농사가
대수롭지 않다면

벼의 운명

쌀 방아를 찧은 것으로 벼농사가 마무리되는 것은 아니다. 보통은 벼를 수확하면서 콤바인으로 볏짚을 썰어 다음해 농사에 거름으로 쓰지만, 소를 키우는 집에서는 볏짚을 갈무리해 두어야 겨울철 소먹이 걱정이 없다. 배합 사료가 없었을 때 겨울의 소먹이는 짚과 건초로 충당했는데, 큰 소 한 마리가 겨울을 나기 위해서는 논 다섯 마지기 분량의 짚을 준비해 두었다고 한다.

짚은 벼를 벤 후 사나흘 정도 두면 말라서 단으로 묶고 낟가리를 해 둘 수 있다. 그런데 올가을에는 일주일에 한두 번씩 비가 와서 볏짚이 순조롭게 마르지 않고 곰팡이가 나기도 했다. 비를 맞은 볏짚은 낫으로 일일이 뒤집어야 하는데 그런 일을 두 번씩 한 곳도 있다.

처갓집에는 큰 소가 두 마리나 있어 어른들이 추수가 끝난 후에도 볏짚 때문에 애를 태우고 고생을 많이 하셨다. 이 소식을 들은 서울의 작은아들이 걱정이 되어 짚 살 돈을 내려보낼 테니 그 고생 하지 말라고 연락이 왔단다. 합리적 사고에 익숙한 젊은 사람들은 충분히 그럴 수 있다. 그러나 농부들이 자신이 거느리는 식솔이 비록 짐승일지라도 그 끼니를 자신의 손으로 해결하지 못한다면 농사꾼으로서의 자긍심에 상처가 될 것이다. 내가 농사지어서 마련한 볏짚과 돈 주고 산 볏짚이 농부에게는 아무 거리낌 없이 대체될 수 있는 등가물이 아니다.

평생 일만 하고 살아온 늙은 농부들은 보기에 안쓰러울 만큼 끊임없이 일한다. 일을 하지 않아도 넉넉히 살 수 있는 경우에도 그렇다. 때로 도회지에서 집에 다니러 온 자식들이 그런 모습을 보고는 걱정도 되고 화도 나서 일 좀 그만하라고 큰소리를 하는 경우도 가끔 있다. 마치 큰소리의 강도가 효심과 비례하기라도 한 것처럼. 나도 서울에서 살 때 부모님께 그런 적이 있었을 것이다. 노인들은 왜 그렇게 일에 매달릴까. 고향 동네의 어떤 할머니가 농사를 짓지 않으니 사는 것 같지가 않다고 나에게 푸념을 한 적이 있었다. 그 말 속에 대답이 들어 있지 않을까.

사람들은 일을 함으로써 자신이 관계 맺고 있는 모든 것들, 즉 세계와 맞선다. 오직 일을 통해서만 인간은 스스로가 그 일부이면서 자신의 모태인 세계에서 떨어져 나와 그것과 대등하게 마주선다. 그리고 자신의 의도와 계획을 가지고 자신이 접하는 세계를 변형시키고 그 과정과 결과를 자신의 존재의 근거로 즐긴다. 그 과정은 어쩔 수 없이 외로움을 동반하지만 그 외로움은 자신이 굳건하게 독립된 존재로 살아가기 위해 치러야 할 대가이다. 다만 그 맞섬을 지금까지처럼 분리와 대결, 착취의 원리에서 조화와 상생의 원리로 바꾸어 나가고 그럼으로써 세계와의 새로운 합일을 이루어야 하겠지만. 그런 점에서 인간의 손길이 전혀 닿지 않은 순수한 자연은 별 의미를 갖지 못한다.

세상에는 수많은 일이 있지만 농사일만큼 일의 이러한 본질이 선명하고 직접적인 방식으로 드러나며, 세계와 조화를 이룰 수 있는 가능성이 열려 있는 일은 많지 않을 것이다. 늙은 농부들이 그렇게 일에 매달리는 것은 살아 있는 존재로서의 자기를 확인하는 것이라고 생각된다. 따라서 목숨이 붙어 있는 한 일을 해야 한다는 것은 당연한 논리적 귀결이다. 데카르트는 인간의 존재의 근거를 사고할 수 있는 능력에서 찾았지만, 농사꾼이 보기에 인간은 일함으로써 비로소 존재한다. 사고 작용은 그 과정의 보조물일 뿐이다. 오히려 일이 사고를 포함한다.

새로운 세계 무역 질서가 논의되고 쌀을 지켜야 한다는 '공익적 기능'을 이야기하는 사람들이 많다. 그러나 나는 쌀이 우리네 삶이나 문화에서 차지하는 의미를 가지고 이야기하고 싶다.

벼와 거기에서 나는 쌀은 우리 생활 어디에서나 존재했다. 우선 식생활에서 쌀은 완전식품에 가장 가깝다고 한다. 아무리 맛있는 음식이라도 세끼를 거푸 먹으면 물리는 법인데, 밥은 하루 세끼씩 1년 365일, 평생을 먹어도 우리 몸은 그것을 거부하는 일이 없다. 같은 면적에서 쌀은 다른 어떤 작물보다 더 많은 인구를 부양할 수 있다. 제상에서 밥은 신주와 가장 가까운 자리에 놓인다. 식구를 먹여 살리고 조상을 모시는 데 쓰이던 쌀은 드디어 소중한 항아리에 모셔져 한지에 덮이고 신성한 시렁 위에서 신으로 모셔지기도 했다.

주거 공간에서 볏짚은 이엉으로 엮여 지붕을 덮어 주고, 황토와 섞여 벽과 온돌방 바닥에 보온재로 쓰이고, 짚신을 삼아 발을 보호했다. 땔나무가 부족한 들녘에서는 겨울철 땔감으로도 요긴하게 쓰였다. 볏짚은 농가의 가장 큰 재산인 소의 겨울철 먹이였고 모든 가축들의 보금자리에 깔렸으며, 벼의 쭉정이와 싸라기는 닭의 모이로, 왕겨는 거름으로, 등겨는 쇠죽 끓일 때 된장 한 숟갈과 함께 중요한 영양원으로 넣었다. 솜씨 좋은 사람들은 달걀 꾸러미를 볏짚으로 만들어 한 줄씩 보관하고, 사각 멍석과 돗자리 등 곡식 말리는 도구와 뒤주, 소쿠리, 가마니 등 곡식 담는 도구를 볏짚으로 제작하는 기술은 농사짓는 사람의 기본적인 요건이었다.

볏짚은 아낙네들 머리 위에서 짐을 받쳐 주는 똬리가 되고, 부드러움과 빳빳함을 동시에 갖춰 물가에서 수세미로 쓰이기도 했다. 콩나물을 기를 때는 시커먼 재가 되어 시루 바닥에 거름으로 앉히기도 했으며, 명절날 어머니들은 생선 찌는 시루 바닥이나 쪄 낸 생선을 담아두는 광주리 바닥에 볏짚을 깨끗하게 씻어 몇 가닥 가지런히 놓기도 했다. 종이가 아주 귀하던 옛날에 측간에 갈 때는 집안의 볏짚 낟가리 밑동에서 훑은 부드러운 잎을 한 움큼 비벼 밑닦개로 쓰기도 했는데, 가끔씩 그 가루가 남아 나중에 엉덩이가 쓰라린 적도 있었다.

볏짚은 보릿짚이나 밀짚에 비해 훨씬 부드럽고 포근한 느낌을 주며

덜 미끄럽고 더 질기다. 볏짚의 이러한 특성은 새끼줄에서 가장 잘 나타난다. 농부들이 새끼줄을 꼬거나 새끼줄로 소쿠리, 멍석 등을 만들 때는 볏짚 밑동에 붙은 겉잎을 모두 훑어 내고 물에 얼마간 담가두었다 건져내 물기를 조금 뺀 다음 대개 저녁을 먹은 후에 작업을 한다. 이렇게 물기를 머금은 볏짚은 더 질겨지고 잘 변형되며, 작업하는 사람의 손이나 저희들끼리 서로 달라붙는 맛을 느낄 수 있다.

새끼줄은 필요에 따라 굵기와 길이를 얼마든지 달리할 수 있고, 불가능한 작업이 없을 정도로 넉넉히 질기지만 그것을 끊기 위해 가위나 낫을 필요로 하지 않을 만큼의 융통성도 있다. 웬만한 굵기의 새끼줄은 끊어 낼 곳을 꺾어 두 가닥을 새끼 꼴 때와 반대로 비벼 주면 쉽게 끊어진다. 가늘게 꼬인 새끼줄은 가마니나 멍석을 짤 때 날줄로 들어가고, 끈으로 쓰인 새끼줄은 물건을 묶어 놓으면 미끄러져서 저절로 풀리거나 느슨해지는 일이 없지만, 매듭을 풀고자 할 때 안 풀리겠다고 버티는 일도 없다. 너무 질긴 탓에 새끼줄을 완전히 밀어내 버린 나일론 끈은 도저히 닮을 수 없는 미덕이다.

사람들은 탄생과 죽음을 이 새끼줄과 함께한다. 새끼줄에 빨간 고추나 솔잎을 끼운 금줄로 아기의 태어남을 세상에 알리고 그가 죽을 때는 상주의 두건에 둘러쳐져 보내는 사람이 죄인임을 나타내며, 상여의 앞면에서 망자의 저승길 노잣돈을 걷어 주기도 한다.

벼는 우리 삶의 처음부터 끝까지 어느 곳에서나 어떤 모습으로든 함께했다. 버릴 것이 하나도 없지만 다 쓰인 후에는 내가 한때는 이렇게 쓰였노라 흔적을 남기지도 않는다. 벼는 농사꾼들의 생각과 생활

의 한가운데에 있어 왔다. 농사꾼은 씨 뿌리고 거둘 때까지 여섯 달 동안 온갖 변화를 감내해야 했으며, 그 결과에 웃고 울었다.

요컨대 벼는 우리의 삶과 문화를 이루는 중요한 원형질 중 하나였다. 벼가 없었다면 우리의 삶과 문화는 전혀 다른 모습이었을 것이다. 그러나 지금은 산골 어디에서건 새끼줄 꼬는 사람을 찾아볼 수 없다. 벼는 우리 생활의 극히 일부분인 식생활의 한구석을 차지하고 있을 뿐이다. 그러나 만약에 어떤 농부가 벼농사를 대수롭지 않은 것으로 얘기한다면 그것은 스스로를 대수롭지 않은 농부라고 말하는 것은 아닐까. 벼의 운명은 앞으로 어떻게 될까. 그리고 우리의 삶과 문화는 어떻게 달라질까.

몸살은
사람만 겪는 것이 아니다

배추농사

우리 지역은 기온이 주변보다 꽤 낮기 때문에 가을(김장) 배추를 거두려면 다른 지역보다 최소한 열흘 이상은 파종을 서둘러야 한다. 그동안의 경험으로 보면 8월 5일에서 10일 사이가 적기인데 내 느낌으로는 8일이나 9일이 가장 좋다. 나이 드신 농부들은 씨앗 넣는 시기를 음력을 기준으로 결정하는데, 내가 보기에 음력은 윤달 때문에 들쭉날쭉해서 파종 시기만큼은 양력을 기준으로 하는 것이 안정적이다. 그래서 다른 것은 몰라도 배추 파종 시기는 동네 할머니들이 나에게 묻게 되었다.

모판 만들고 모종 기르는 작업은 대체로 다음과 같다. 가로 30cm, 세로 60cm 크기에 구멍이 72개인 모판에 상토를 평평하게 담은 다음 각 구멍에 담긴 상토를 손가락 끝으로 눌러 배추 씨앗을 넣을 수 있도록 깊이 5~10mm의 구멍을 낸다. 그리고 배추 씨앗을 한 손 바닥

에 찻숟가락 하나 정도를 붓고 다른 손으로 하나씩 집어 모판의 구멍 속으로 떨어뜨려야 한다. 이 일은 배추 씨앗이 워낙 작기 때문에 상당한 집중력을 요한다.

그러나 아무리 주의해도 한 판에 예닐곱 곳은 씨앗이 두 개 이상 떨어지게 된다. 이런 곳은 하나를 집어내기보다는 나중에 싹이 났을 때 하나를 뽑아내는 것이 훨씬 수월하다. 모판에 씨앗을 다 넣으면 다시 상토를 위에 뿌리고 손바닥으로 평평하게 골라야 한다. 나는 배추 씨앗 두 봉지를 파종했는데, 1봉지에 2천 개인 이 작업을 혼자서 다 마치려면 대략 네 시간 정도는 쪼그려 앉아 있어야 한다.

배추나 무는 파종 후 3일째 되는 날 움이 돋아 올라온다. 병아리를 새로 들여올 때마다 항상 새롭듯이, 해마다 하는 일이지만 씨앗이 움을 틔워 흙을 뚫고 올라오는 모습은 잔잔한 흥분거리이고 기쁨이며 활력소이다. 아침에 일어나 보니 아무것도 없었던 갈색의 모판 위에 연록의 떡잎들이 규칙적으로 배열되어 있는 모습은 마치 잘 훈련된 병사들이 열병 받을 준비를 마치고 기다리고 있는 듯하다. 이때부터는 물을 잘 주어야 한다. 물이 너무 많으면 웃자라고 적으면 시드는데 어느 경우든 튼실한 모를 기대할 수 없다.

옮겨 심을 때가 다가오면 본답을 준비해야 하는데, 비료를 쓰지 않으려면 퇴비를 밑거름으로 충분히 넣고 석회와 붕사를 뿌려야 한다. 석회는 배추가 대표적인 알칼리성 작물이기 때문에 토양의 산도를 높여 주기 위한 것이고, 붕사는 배추 줄기에 검은 줄이나 점이 찍히는 바이러스성 질병을 방지하는 필수 미량요소이다. 비료와 농약을 안

쓰는 땅은 산성화가 잘 진행되지 않기 때문에 석회를 권장 사용량보다 훨씬 줄여도 아무 문제가 없다.

토양에 들어가는 자재 못지않게 두둑을 내는 것도 배추 생육에 결정적인 영향을 미친다. 두둑을 짓는 데 핵심적인 것은 배추가 생육할 수 있는 공간을 충분히 확보하는 것이다. 배추는 최소한 다른 개체로부터 사방 50cm 이상은 떨어져 있어야 제대로 크고 이를 위해서는 두 줄로 심는 망 두둑보다는 외줄 두둑이 훨씬 좋다. 많은 농가들이 배추를 심는 두둑에 비닐 멀칭을 하는데, 물론 제초나 보습, 지온 유지 등 작물 생육에 유리한 점은 분명히 있지만 생태적으로 바람직하지 않다는 것은 두말할 필요가 없다.

할머니들에게 모종 심는 것을 맡겨 놓으면 버릇대로 아주 촘촘하게 심는 경향이 있어 이번에는 두둑도 널찍하게 외줄로 내고 아내에게 모판에서 모종을 뽑아 충분한 간격을 유지해서 두둑 위에 놓도록 했다. 옮겨심기 전날에는 모판에 현미식초와 한방영양제, 쑥효소 등을 적당히 섞은 물을 충분히 주어 본밭에 나가서 뿌리발이를 할 때까지 겪어야 할 몸살을 이겨 낼 수 있는 힘을 키워 주는 것도 중요하다. 두둑 위에 놓인 모종을 심으면서 할머니들이 백 점짜리 모종이라고 칭찬을 했다.

모종은 뿌리 발육이 잘 되어야 뿌리가 구멍의 상토를 휘감아 모판에서 잘 뽑히고 심어 놓은 뒤에도 몸살을 적게 한다. 만약 모종이 웃자라게 되면 뿌리에서 아직 물이 충분히 올라오지 못하는데 잎은 넓어 수분 증발량이 많게 되므로 낮에 땅바닥에 잎이 축 늘어지는 몸

살 현상이 심해진다. 여느 해보다 모종이 좋아 옮겨 심는 작업이 수월하게 끝났다.

옮겨 심은 후 가장 급한 것은 물을 주는 일이다. 9월에 비가 오지 않아서 물을 세 번씩 주어야 했다. 운이 좋은 해는 옮겨 심은 직후 비가 와서 물을 한 번도 주지 않고 뿌리가 활착하기도 한다. 그래서 배추 옮겨심기에 가장 좋은 날은 비 온다는 예보가 있기 전날 구름 낀 오후이다. 두둑에 구멍이 뚫린 호스를 깔아두지 않았다면 큰 고무통에 물을 싣고 가서 분무기로 포기마다 일일이 물을 주어야 한다. 한낮에는 물을 주어도 금방 말라 버리기 때문에 오후 늦게 물을 주어 밤에 땅을 촉촉하게 유지하는 것이 뿌리가 빨리 활착하는 데 도움이 된다.

오후 늦게 물을 주려다 보니 밤에 자동차 불빛에 의지해서 일을 해야 할 때가 많았다. 이럴 때면 산과 나무와 시냇물이 모두 고요한데 경박한 경운기 소음을 내는 것도 미안하고, 남들이 차 타고 지나가다 보면 어떤 생각을 할까 하는 것도 신경 쓰이고, 때마침 요술처럼 날아오르는 반딧불이의 몽롱한 불빛에도 눈을 빼앗겨 도대체 마음을 종잡기 힘들다. 이 무렵 한 열흘 동안은 배추 살리느라 기본적인 닭일 말고 다른 일은 거의 돌보지 못했던 것 같다.

벌레에게도
한 가지 재주는 있다

해충과의 전쟁

배추가 뿌리를 내리고 잎이 크기 시작하는 것을 보고 사람들은 '배추가 땅맛을 봤다' 또는 '땅맛이 들었다'고 말한다. 이때가 되면 심기 전 경운 작업으로 깨끗했던 두둑에 잡초가 돋아나 배추보다 더 빨리 자라기 시작하고 웃거름 하는 것도 시급하다. 어떤 밭이건 김매기는 풀이 가장 어렸을 때 해야 일이 수월하다. 어머니 건강이 좋지 않아 병원에 입원하신 뒤로 밭의 김매는 일은 어쩔 수 없이 우리와 한동네 사시는 장모님 몫이 되어 버렸다. 장모님은 며칠을 우리 배추밭으로 출퇴근을 하셨고 그 와중에 어머니 찾아뵈려고 서울에서 내려온 작은누님이 도와주어 김매기를 무난히 마칠 수 있었다. 그 사이에 나와 아내는 웃거름을 했다. 관행농에서는 배추가 땅맛을 보기 시작하면 배추 밑을 호미로 파고 비료를 한 움큼씩

묻는다.

배추가 땅맛을 보고 웃거름까지 하고 나면 해충 방제만 잘 하면 김
장철까지 큰 문제는 없다. 배추가 한창 자라기 시작할 때는 그 크는
모습이 하루가 다르고 아침과 저녁이 다르다. 어쩌다 일 끝낸 저녁 시
간에 밖에서 술이라도 한잔하는 날에는 집에 들어가기 전에 밭에 들
러 자동차 불빛을 비추며 녀석들의 크는 모습에 기꺼워할 때도 있다.

배추에 발생하는 질병은 뿌리혹병(무사마귀병)과 바이러스병이 있
다. 뿌리혹병은 암세포처럼 뿌리가 이상 비대해지면서 똘똘 뭉쳐져
양분을 흡수하지 못해 제대로 발육을 하지 못하는 병이다. 전염성도
매우 높아 포장 전체를 못 쓰게 되는 경우도 있고 이듬해 그 밭에 배
추를 연작하는 경우 십중팔구 또 걸린다. 원인이 세균인지 바이러스
인지는 잘 모르겠으나 땅을 생태적으로 건전하게 관리하면 잘 발생
하지 않는다. 바이러스병은 줄기에 검은 점이나 줄무늬가 찍히는 것
으로 포장을 준비할 때에 붕사만 넣으면 대체로 문제가 없다.

내 경험으로 보아 배추농사에는 병해보다는 해충 피해가 더 무섭
다. 재배 초기에 문제가 되는 놈은 어새미와 벼룩벌레이다. 어새미는
반드시 잡아야 한다. 이 녀석들은 땅속에 숨어 있다가 아침저녁으로
올라와서 어린 배추 잎이나 줄기를 잘라 먹는다. 배추뿐 아니라 어떤
작물이든 새싹은 이 녀석들의 좋은 먹잇감이다. 오전 이른 시각에 밭
에 나가 보아 잎이나 줄기가 방금 잘려 나간 곳의 밑을 조금만 파 보
면 이놈들이 숨어 있다. 어느 날 아침에는 2백 평도 안되는 배추밭에
서 150마리를 잡을 때도 있었다. 관행농에서는 본답을 준비할 때 어

새미의 피해를 막기 위해 가루로 된 토양살충제를 뿌리고 땅을 경운한다. 그러나 이것은 흙과 섞여 잔류 기간도 길고 땅속에서 살아가는 수많은 소동물들을 함께 죽이기 때문에 토양 생태에 미치는 영향이 크다. 어새미를 잡는 일은 배추 생육 초기에 꽤 공을 들여야 하는 작업이다. 벼룩벌레는 크기도 벼룩만 하고 배추 잎 위에서 톡톡 튀어 다니는 탓에 그 이름을 얻은 것 같다. 이 녀석들은 배추 잎에 죽은깨 같은 작은 반점을 남기는데, 배추의 생육을 더디게 하지만 치명적이지는 않다. 크기도 너무 작고 튀어 다니기 때문에 잡는다는 것은 아예 불가능하다.

배추가 본격적으로 크기 시작하면 청벌레, 똑딱벌레, 도구통벌레, 배추흰나비애벌레, 파밤나방애벌레 등이, 수확 직전에는 진딧물이 찾아온다. 청벌레는 검은색에 가까운 청색으로 느리게 기어 다니면서 잎을 갉아먹는다. 움직임이 느리지만 잎이 조금만 흔들려도 몸을 말아 땅으로 툭 떨어지기 때문에 손으로 잡는 일이 그다지 쉽지 않다. 똑딱벌레는 청벌레와 비슷한 색상에 녹두알보다 약간 큰 크기에 반구형으로 날개를 가진 성충이다. 이 녀석은 잘 날지는 않는데 작고 표피가 매끄러운 데다가 청벌레처럼 진동을 느끼면 땅으로 떨어져 버려 잡기가 힘들다.

하느님은 이러한 미물들에게도 자신을 방어할 수 있는 재주를 한가지씩 허락하셨다. 청벌레나 똑딱벌레나 모두 배추뿐 아니라 무나 갓에도 똑같이 피해를 주는데, 한번 일기 시작하면 개체수가 급속하게 늘어나 조금만 방치하면 배추 잎이 성긴 망사 스타킹처럼 잎맥만

남게 되므로 방제를 서둘러야 한다.

　도구통벌레와 배추흰나비애벌레, 파밤나방애벌레 등은 개체수가 그렇게 많은 것은 아니지만 한 마리만 있어도 피해가 크다는 점에서 서로 비슷하다. 누런 바탕에 검은색 가로 줄무늬가 있는 도구통벌레는 특히 배추의 새싹이 돋아나는 생장점을 파고들어 절구통 밑부분처럼 깊이 갉아먹기 때문에 할머니들이 그렇게 부르는 것 같다. 이 녀석들로 인해 생장점이 손상된 배추는 제 모양대로 크지 못하는 경우가 많다. 한창 자라기 시작하는 배추의 속잎이 시들거나 배추의 가운데 부분에 거미줄 같은 것이 있으면 이 녀석들이 들어 있으므로 손이나 핀셋 같은 것으로 잡아내야 한다.

　배추흰나비애벌레는 길이 1.5cm 남짓으로 피부가 연두색이기 때문에 배추 색깔과 잘 구분되지 않아 얼른 눈에 띄지 않는다. 파밤나방애벌레는 크기와 생김새가 너무 다양해서 같은 종류인지도 모르겠는데, 큰 것은 송충이만 한 것도 있고 식욕이 왕성한데 주로 속잎을 먹고 똥도 크게 싸기 때문에 이 녀석들이 들어앉은 배추는 속이 만신창이가 될 수밖에 없다. 이 녀석들은 색깔이 배추와 비슷하거나 틈에 숨어 있어서 똥이 있는 배추는 잎을 하나하나 잘 살펴보아야 한다.

　배추밭에서 일을 하다 보면 항상 배추흰나비가 서너 마리씩 날아다니다가 잎에 엉덩이를 내려 알을 스는 것을 볼 수 있다. 벌레 열 마리 잡는 것보다 나비나 나방 한 마리를 잡는 것이 훨씬 효과적이기 때문에 나비를 잡으러 쫓아다니기는 하지만 나비의 비행이 워낙 불규칙해서 그다지 잽싸 보이지 않는 나비를 잡는 일도 매우 어렵다.

마지막 골칫거리는 진딧물이다. 진딧물은 생육 후기에 배추에 눈에 띄지 않게 달라붙기 시작해서 수확 직전에는 배추 겉면 전체를 온통 뒤덮을 정도로 번식했을 때에야 드러나는 경우가 많다. 수확을 하다 보면 이런 배추들이 군데군데 있는데, 바로 옆에 있는 다른 포기에 약간씩 옮겨붙는 정도로 밭 전체에 문제를 일으키지는 않는다.

해충 방제는 재배 기간 전반에 걸쳐 최소한 두 번은 필요하다. 요즘에는 인체에 피해가 없고 효과가 좋은 친환경 재제들이 많이 개발되어 옛날에 비하면 농사짓기가 많이 수월해졌다. 도시에서 텃밭 농사를 지어 본 소비자들 중에는 자신의 경험에 의해 배추 친환경농사는 불가능한 것이 아니냐고 의문을 가진 경우가 많은데, 이분들은 해충 방제에 필요한 친환경 약제를 사용하지 않았고, 또 땅이 여러 해 동안 건강하게 보살펴지지 않은 상태에서 나온 결과를 갖고 판단하기 때문이라고 생각된다.

배추를 판매하다 보면 소비자들이 농산물을 공산품과 같은 차원으로 평가하고 받아들인다는 느낌을 받을 때가 있다. 작년에 받아 본 배추와 비교해서 크기와 맛이 달라졌다는 것이다. 더 좋아졌다면 문제가 없지만 더 안 좋다고 할 때는 참 난감하다. 공장에서 물건을 만들 때는 모든 조건을 인간이 통제할 수 있기 때문에 제품의 품질을 일정하게 유지할 수 있다. 그러나 농산물은 땅의 조건이 이미 작년과 다르고, 밭에 따라 다르고, 투입되는 거름 등 각종 자재의 양과 질을 마음대로 할 수 없는 데다, 결정적으로 날씨는 농부가 전혀 관여할 수 없는 사항이다. 사실상 불가능한 일이지만 모든 조건을 분석하고 계량해서 통제할 수 있다고 하더라도 날씨만은 어찌할 수 없기 때문에 농부는 제 할 일에 최선을 다하고 결과를 기다리는 수밖에 없다.

'진인사 대천명'이라는 유가의 덕목은 옛날 선비들보다는 오히려 농사꾼에게 더 어울리는 덕목이다. 소비자들은 자신에게 공급되는 농산물을 농사꾼의 작품이기보다는 하느님의 작품이라 생각하고 받아들이는 것이 어떨까? 날씨가 농사에 미치는 영향을 생각하면 결국 농사꾼은 하느님의 뜻이 땅 위에서 실현되는 데 필요한 손길을 잠시 빌려 드리는 존재에 불과하다.

무만큼
육감적인 게
또 있나

무농사

7월 초 감자를 모두 캐서 내다 판 뒤 그 자리에 무를 심기로 했다. 처음에는 조금 늦더라도 콩을 심을 생각이었는데, 윗동네에서 오랫동안 채소 재배를 전문으로 해 오신 분이 권하는 바람에 생각을 바꾸게 된 것이다. 이 시기에 심는 채소를 흔히 추석무·배추라고 하는데, 채소 수요가 많아지는 추석 직전에 출하할 수 있고 또 심한 무더위에는 재배가 어렵기 때문에 출하량이 그만큼 적어서 대체로 좋은 가격을 받을 수 있다.

더위에 강하고 맛도 좋다는 종자를 비싸게 구입해 두었지만 장마가 끝나고도 비가 계속 오는 바람에 7월 24일에야 심을 수 있게 되었다. 두 줄로 심을 수 있도록 두둑을 넓게 만들고, 윗동네 전문가의 조언대로 약 40cm로 간격을 넓혀서 한 구멍에 세 알씩 심었다. 파종을 끝낸 다음 날 두어 시간 동안 큰비가 쏟아져 경사진 밭 한가운데로

널찍한 도랑이 나 버렸다. 비는 종자의 1/10 정도를 쓸어 갔을 뿐 아니라 비온 후의 땡볕에 흙 표면이 아주 단단하게 되어 싹이 제대로 올라올 수 있을지 걱정을 하게 했다. 그러나 사나흘 뒤부터 이 녀석들은 기적을 연출하기 시작했다. 밭의 사방에서 흙 표면에 금이 보이기 시작하고 세 개의 어린 싹이 두꺼운 흙덩어리를 머리로 밀치며 올라오고 있었다.

노란색에 길이 1cm도 되지 않은 연약하기 이를 데 없어 보이는 것들 어디에 그런 힘이 숨어 있을까? 씨앗을 심으면 싹이 트는 것이 너무나 당연하다는 상식이 또다시 경이로움으로 바뀐다. 성마른 초보 농사꾼은 이 녀석들을 도와준답시고 여러 포기에서 흙을 제거해 주었는데, 제 힘으로 흙을 뚫고 올라오는 힘든 과정을 빼앗겨버린 녀석들은 아마 나중에 건강하게 성장하지 못했을 것이다.

싹이 돋자 새나 토끼가 또 부드러운 무 싹을 잘라먹지 않을까 조바심을 내야 했다. 무를 갈기 전에 밭 아래쪽에 콩을 심었는데, 산에 접한 곳에 난 싹을 토끼와 새들이 극성스럽게 잘라 먹는 바람에 하얀 가루로 된 농약을 치기도 하고, 대막대기를 여럿 박아 하얀 비닐 끈을 너울거리게 걸어 놓기도 했다. 그것으로 안심이 되지 않아 동네 앞 주유소 개업할 때 썼던 오색 줄바람개비를 주워다 걸기도 하고, 토끼가 올 만한 길목에 비닐 커튼을 쳐 보기도 했다. 그러나 생각과는 달리 새들은 새로 나는 무 싹에 전혀 입을 대지 않았다. 토끼가 찾아온 흔적도 없다.

이들이 원래 콩과 식물의 새싹만을 유난히 좋아하는 것인지는 알 수 없지만, 무 종자의 표면에 묻은 소독약 탓일지도 모른다는 생각이 든다. 종자상에서 구입하는 씨앗은 모두 소독약으로 코팅이 되어 있는데, 붉은색이나 주황색, 보라색, 파란색 등으로 된 코팅제는 원래 그 씨앗의 색깔을 알 수 없게 하고, 또 독성이 상당한 모양으로 어떤 경우에는 이것을 맨손으로 취급하지 말라는 주의 문구가 봉투에 쓰여 있기도 하다.

50군데 정도만 빼고 모두 싹이 탐스럽게 난 무는 파종 후 열흘이 지난 때부터 문제가 나타나기 시작했다. 지표 바로 아랫부분에서 뿌리의 껍질이 양쪽으로 갈라져 벗겨지는 것들이 있고, 뿌리가 헐어 마르거나 뿌리 끝이 흐물거리는 것들이 많았다. 시든 싹을 여남은 개 뽑아 들고 벌교 농약상에 가져갔더니 무더위로 지상부와 지하부의 온도 차이가 심한 때문이며 해결할 수 있는 약제가 없다고 한다. 시드는 현상이 계속되어 일주일쯤 후에 다시 무 샘플을 들고 면농업기술센터에 가져갔더니 순천시 농업기술센터의 원예전문가가 무밭을 직접 살펴보게 해주었다.

전문가의 진단은 무나 배추는 원래 산성 토양을 싫어하는데 밭의 산성화가 심해 고온 상태에서 피해가 나오는 것으로, 이를 막기 위해서는 밭 전체에 그늘을 만들어 주어야 하며, 내년에는 거친 풀을 베어 만든 퇴비를 많이 넣으라고 한다. 그리고 봄에 감자를 심을 때 대형 돈사에서 나온 돼지똥 거름을 지나치게 많이 넣은 것이 산성화의 한 원인일 수 있다는 것이다. 고온 상태에서 오는 이러한 장애 때문에 한여름에는 채소 재배가 어려운 모양이다.

나는 크게 실망하여 동네 사람들과 마을 앞 기사 식당의 아주머니에게 무 잎이 부드러우니 뽑아다 김치 담가 드시라고 얘기했다. 이 말을 들은 어머니가 무 밭을 살펴보시고는 무가 아무렇지 않은데 그런다고 깜짝 놀라시는 것이다. 일부 시드는 것은 어쩔 수 없지만 대부분의 무 뿌리에서 껍질이 갈라져 벗겨지는 것은 더위와는 상관없이 원래 무가 크는 과정에서 반드시 생기는 현상이라는 것이다. 초보 농사꾼의 무지함이 그런대로 되어 가는 무농사를 아주 버릴 뻔했다.

찾을 때마다 안타까움만 안겨 주던 무 밭에 다음 날부터 다시 정성을 기울이기 시작했다. 싹이 시드는 것을 기다리느라 그동안 미뤄 두었던 솎는 작업을 했다. 동네 아주머니 몇 분이 오셔서 잡초도 매 주고 한 구멍에 튼튼한 놈으로 하나씩만 남기고 나머지를 솎아서 집으로 가져가 쌈도 싸먹고 김치도 담가 먹었다. 본의 아니게 기사 식당 아주머니에게는 빈말을 하게 된 셈이다. 그리고 봄에 쌀겨와 깻묵, 부엽토 섞인 낙엽, 왕겨, 황토, 유산균 등을 모아 만들어 놓은 고급 발효 퇴비를 이랑 사이에 뿌린 다음 흙과 섞어 주고 비료도 한 포 주었다. 그날 일을 도와준 아주머니들 중에서는 엉터리 농사꾼을 보고 놀려대는 사람도 있었다.

나는 여러 작물들 중에서 무만큼 육감적인 것은 없을 거라고 생각한다. 무 뿌리는 2/3 이상이 땅 위로 올라오게 되는데, 동그란 모양으로 통통하게 살이 오른 허리는 햇빛을 받아 매끈하게 반짝거리고, 무 청 부분은 짙은 녹청색이던 것이 아래쪽으로 내려올수록 점차 연한 색으로 변하다가 땅에 묻히기 직전에 유백색을 살짝 드러내는 것이 그런 느낌을 준다. 무 이파리가 건강한 색깔로 하늘을 향해 팔을 벌리듯 힘차게 뻗은 모습도 보기가 좋다. 내가 재배한 무도 씨앗을 심은 지 60일 만에 그렇게 자랐다.

4.

'김계수유기농'과
'달나무농장'의

거리

세상의 많은 것들이
햇볕에 너무 많이, 오래 드러나 있으면
색이 바래거나 쉽게 시들고 바스러져
본래의 제 모습을 간직하지 못한다.
사람의 이름도 수많은 이들의
따가운 시선에 계속 드러나 있을 때
그 본성을 오래도록 간직할 수 없는 것은 아닐까.
나는 달나무농장이라는 나뭇잎 뒤에
살짝 숨어 그것이 바람결에 팔랑거릴 때마다
아주 자연스럽게 햇볕을 받으면서
일하고 싶다.

젊은 각시가
짠해서

추석을 10여 일 앞두고 무가 집에서 먹기 좋을 만큼 팔뚝보다 약간 굵게 자랐다. 나에게 조금이라도 관심을 가진 사람들은 무를 추석 전에 모두 뽑아내야만 제값을 받을 것이라고들 했다. 나에게 무 심기를 권했던 윗동네 전문가는 이미 한 주일 전부터 무를 뽑아 한 개에 8백 원씩 받고 벌교의 채소 가게에 내고 있었다. 농사에서 판매하는 것이 생산하는 일 이상으로 중요하다는 것을 많이 듣고 또 느끼고 있었기 때문에 무 뿌리가 굵어지기 시작할 때부터 은근히 마음에 부담이 되고 있던 터였다. 물론 감자를 출하해 본 경험이 있기는 하다. 그러나 감자는 지난가을에 한 달간 내가 일을 도와 드렸던 분이 자신의 판로를 일부 넘겨주어 아주 수월하게 처분할 수 있었다. 그래서 사실상 이번이 실질적인 첫 시장 출하인 셈이다.

전부터 알고 지내던 순천의 채소 가게 아주머니가 순천역전 간선

도로에 새벽장이 선다고 알려 주었다. 새벽 두 시쯤부터 열린다는 것이다. 상황 파악을 위해서 다음 날 다섯 시에 일어나 부산을 떨고 가보니 장이 서는 기미가 전혀 없다. 채소 도매상에 물건을 떼러 온 그 아주머니를 우연히 만났다. 마침 그날이 순천의 5일장인데 장날에는 이곳에 장이 서지 않는다는 것이다. 아무런 소득도 없이 귀가할 수 없어 장 구경을 갔다.

큰 트럭에 가득 무만을 싣고 와서 파는 사람들 두 곳에, 좌판에서 무와 배추 등 여러 가지 채소를 조금씩 놓고 파는 할머니도 몇 분 계셨다. 내 무와 비슷한 크기의 무를 팔고 계시는 할머니께 가격을 물으니 천 원이라며 다짜고짜 봉투를 꺼내 담아 주려 하신다. 시골 시장의 상인들이 흔히 보여 주는 행동이다. 아니라고 손사래를 치니 무값 알아보려고 왔느냐고 하신다. 그렇다고 했더니 자기 알아서 팔 일이지 이른 아침부터 남의 가격이나 알려고 한다고 크게 화를 내셨다. 나는 얼른 미안하다고 사과하고 집으로 돌아오는데 발길이 무겁고 마음은 착잡하다.

이튿날은 새벽 한 시 반에 무 50개를 싣고 아내와 함께 역전장으로 나갔다. 마음의 부담 때문에 잠을 전혀 이루지 못하고 있다가 나왔는데, 함께 따라나선 아내가 고맙고 힘이 됐다. 장이 막 시작되고 있었다. 우리도 무를 내다 놓았는데 양이 너무 적어 남들 눈에는 사가는 것인지 팔기 위해서 내놓은 것인지 판단하기 어려울 것 같았다. 어제 5일장에서 보았던 무 트럭 두 대가 그대로 보였다. 이들은 소위 밭떼기를 하는 전문 상인들인 듯 무를 차에서 내리는 사람, 크기별로 분류하여 쌓는 사람, 골목 안에 있는 도소매 점포에 손수레로 나르는 사람으로 분업화되어 있으며, 일하는 손길도 바쁠 뿐 아니라 손수레는 무를 가득 싣고 분주하게 골목 안을 왕복한다.

나는 이들의 일하는 규모와 어제 있었던 일 때문에 가격을 물어볼 엄두도 못 내고 윗동네 선배 농사꾼에게서 들었던 8백 원을 내 무 가격으로 정했다. 옹색한 무 더미 앞에 와서 가격을 물어본 사람들은 우리의 가격에 아무 대꾸도 없이 무표정하게 돌아섰다. 이렇게 새벽 장을 보러 나오는 사람들은 대부분 골목 안의 상설 시장에서 소매를 하거나 대규모 식당 또는 식료품점에 물건을 대 주고 차액을 남기는 중개상들이다. 이들은 이 판의 베테랑들이라 서두르는 기색이란 전혀 찾아볼 수 없고 대개 표정이 없으며 심사위원의 여유 같은 것이 얼굴에 배어 있다.

남들이 모두 곤하게 잠을 자는 시간에 하루 일과를 시작해야 하는 이들은 물건을 사러 나온 사람이나 팔러 나온 사람이나 한결같이 신경이 몹시 날카롭다. 밤을 팔러 온 어느 아주머니가 밤 자루에 손만 대고 그냥 돌아서는 상인을 향해 평소의 말버릇인 듯 무심코 '백여수(백여우)'라고 했다가 여러 상인들로부터 집중 공격을 받았고, 백여수의 꼬라지가 어떤지 한 번 두고 보자는 당사자의 오기 어린 서슬에 그 아주머니는 사과 겸 해명을 할 수밖에 없었다.

이와 비슷한 일은 거의 날마다 일어나는 것 같았다. 한번은 내가 다리가 아프고 무료하여 무 더미 뒤에 무심코 쭈그려 앉았는데 가로등 불빛에 내 그림자가 뒤쪽에 쌓아 둔 대파를 가린 모양이었다. 파가

길기는 했지만 잎이 풍성하지 못해 상인들의 입질만 받아 오던 아주머니가 생각 없이 아무 데나 앉아서 남의 물건을 가린다고 싸늘하게 퉁바리를 놓는 바람에 나는 그분과 내가 생산자로서 같은 입장이라는 막연한 유대감을 지워야 했다.

새벽장에 나오는 사람들이 이렇게 날카로운 것은 아무래도 하루의 운수나 재수가 새벽에 달려 있다는 생각이 강하기 때문이다. 농사꾼과 다른 점 중의 하나이다. 농사꾼들은 이른 봄에 당산나무의 새 잎 나는 모양 등을 보면서 1년 농사의 풍흉을 점쳐 보는 일은 있지만 아침마다 그날 하루의 운수를 따지는 일은 없다.

어떤 사람들은 시장에서 이렇게 아낙네들이 아주 사소한 문제로 사생결단을 하듯 싸우는 모습을 보며 삶에 대한 새로운 의욕을 느끼고 좌절과 절망에서 벗어나게 되었다는 말을 하기도 한다. 그러나 이른 새벽에 일어나 하루를 열면서 싸움을 예비하고 살아야 하는 이들이 때로 자신의 삶을 돌아볼 때 얼마나 팍팍하게 느껴질까. 만약에 이런 생각조차 없이 살아간다면 그렇게 무디게 굳어 버린 감성은 또 얼마나 안쓰러운가.

아내와 나는 상인들이 가격만 묻고 말없이 돌아설 때마다 마음이 조급해졌다. 우리가 가격을 터무니없이 높게 매긴 것은 아닐까. 그래서 조금 있다가 백 원을 내렸지만 상인들의 반응은 여전하여 우리 무의 가격은 잠시 후 6백 원이 되었다가 채소 소매를 하는 듯 보이는 할머니 두 분이 와서 가격을 묻자 마침내 5백 원이 되고 말았다. 두 분은 그다지 마뜩찮은 듯 느릿한 손길로 무를 자루에 쓸어 담고 우수리로 준비해 간 다섯 개를 다투어 나눈 다음에야 얼굴을 펴면서 "추운 새벽인데 젊은 각시가 짠해서……"라며 아량을 과시하고는 내일 또 나오라는 말로 오늘 자신들의 선택이 만족스러웠음을 드러냈다.

우리는 완패당한 느낌이었다. 그래서 "내일은 벌교장으로 갈 거예요"라며 볼멘소리로 말하고는 시장 관리인에게 청소비 명목의 자릿세를 바치고 해가 뜨기 전에 집으로 돌아왔다. 흔히 운동경기에서 노장과 신예가 대결할 때면 노련함과 패기를 대비시키곤 하는데 우리는 경험은 물론 패기도 없는 신참이었던 것이다. 이곳의 베테랑들은 하나같이 단단해 뵈는 무표정한 얼굴에 사고자 하는 물건을 보고 칭찬하는 법이 없다. 나중에 소비자들이 우리 무를 보고 참 맛있게 생겼다고 하는 말을 많이 들었지만 물건의 상품성에 대한 안목이 전혀 없는 데다가 약간은 위축되어 있었던 우리는 그들의 무표정한 침묵에 불안하고 조급해지지 않을 수 없었던 것이다.

추석을 일주일 앞둔 벌교장은 대목이라서 새벽 다섯 시에 도착했는데도 역전 대로변의 좋은 목은 부지런한 할머니와 아주머니들이 이미 빼곡하게 차지하고 있었다. 하는 수 없이 장꾼들의 발길이 훨씬 드문 천변 도로의 어물전 삼거리에 차를 세우고 전을 벌였다. 그런데 얼마 지나지 않아 중년의 남자 만물상이 차를 몰고 나오더니 자기 자리라고 차를 빼라고 한다. 정해진 자리가 어디 있으며 늦게 나온 사람이 이러는 수도 있느냐고 항의를 해봤지만 나는 장터의 기본도 모르는 사람이 되었고 서로 안면이 익은 이웃 상인 두엇이 그를 두둔하고 나섰다. 하는 수 없이 차를 빼서 시장의 가장 끝머리 부엌살림살이를 파는 전 옆으로 옮겼다.

　대부분의 장꾼들은 어물전까지만 둘러보고 돌아간다. 부엌살림을 파는 아저씨는 큰 소리로 어물전 쪽을 향해 이쪽으로도 와 보라고 외쳐 댔지만 효과가 신통하지 않다. 어쩌다 할머니 한 분이 찾아와 물건을 만지작거리다 한참 깎아 준 가격에도 그냥 돌아설 땐 옆에서 듣기에도 민망한 욕설만 쪽진 뒷머리에 바가지로 얻어 가기도 했다. 그는 고흥 도화장엘 갔으면 이보다 나았을 것이라 후회도 해보고 앞에 있는 그릇 파는 사람에게 내일은 완도장이 괜찮을 거라고 같이 가 보자는 얘기도 했다.

　손님이 없기로는 나도 마찬가지여서 시장 안의 다른 곳으로 옮기면 어떨까 하는 생각을 자꾸 하게 된다. 이곳(이것)보다 그곳(그것)이 낫지 않을까. 가격을 이 정도로 하면 적당할까, 아니면 더 내려야 사람들이 잘 사 가게 될까, 조금 더 올려도 괜찮지 않을까. 머릿속에서는 자꾸 저울질이 계속된다. 기회주의적이랄 수도 있는 이러한 갈등은 나 같은 초보자만 시달리는 문제가 아니고 장사라는 일 자체가 필연적으로 수반하는 일로 보인다.

　농사를 짓는 데에는 날씨라는 어쩔 수 없는 변수 외에는 자신의 노력과 정성에 따라 결과가 달라지니 이러한 곁눈질이나 저울질로 마음이 산란해질 일이 없어 좋다는 생각이 든다. 한낮에 파장이 될 무렵까지 나는 가져온 무를 절반도 팔지 못했다. 역 앞 좋은 곳에 고정된 자리를 가진 동네 아주머니가 도와주지 않았다면 가져간 무의 절반은 다시 싣고 와야 했을 것이다.

재수 볼 겨

　　순천 새벽장에 내기 위하여 무를 뽑으러 가는데 전에 배추를 재배한 경험이 있는 후배가 행상을 할 수 있는 좋은 코스가 있다며 가르쳐 주었다. 인근 송광사 앞에 있는 식당가에서 시작해서 주암호를 둘러싸고 타원을 그리듯 늘어서 있는 음식점들을 한 바퀴 돌고 순천 쪽에서 순천호 주변을 돌아 선암사 앞까지 이르는 길이 또 있다는 것이다. 또 행상을 할 때는 해당 지역에서 가까운 5일장을 고려해야 한다는 조언도 덧붙였다. 즉 장날 당일이나 그 이튿날은 피하는 게 좋다는 것이다. 그래서 동네 앞 기사 식당에 가서 인근 지역의 장날을 조사해 두고 오후 늦게 무 250개를 뽑아 차에 실어 놓았다.

　　무는 하루 중 뽑아내는 시기에 따라 시드는 것도 다르다. 오전에 뽑은 것은 전날 오후 늦게 뽑은 것보다 훨씬 빨리 시드는데 이것은 작물의 체내에서 이루어지는 생리작용이 시간대에 따라 다르기 때문이다. 낮 시간에는 햇빛을 이용하여 제 몸이 필요로 하는 영양분을 만들어 내고, 해가 지면 낮에 만든 영양분을 다른 형태로 변형시켜 몸의 각 부분으로 운반하고 저장한다. 해가 비치면서 외부의 물질들과 활발하게 교섭하는 활동이 갑자기 꺾인 무는 해가 진 후 이러한 활동을 마치고 안정된 상태에 들어간 무보다 훨씬 빨리 시들게 되는 것은 당연하다.

다음 날은 새벽 4시쯤 아내와 함께 순천의 새벽장으로 갔다. 장이 한창 무르익었지만 우리는 스무 개 정도밖에 팔지 못하고 짐을 거두었다. 집에 돌아와 한숨 붙이고 까끌까끌한 아침을 먹은 다음 아직 안개가 걷히지 않은 시간에 후배가 가르쳐 준 길로 행상을 떠났다. 그날은 아이들이 학교에서 운동회를 한다고 꼭 와서 구경을 하라는 당부를 몇 번이나 받았다. 송광사 입구에서부터 늘어서 있는 음식점들은 아침부터 손님 맞을 채비로 부산했다.

"안녕하세요. 맛있는 무 가져 왔으니 필요하시면 들여가세요."

나는 주방에 대고 인사를 했다. 사람들이 나와서 보고는 무생채나 깍두기 담그면 맛있겠다며 사 갔다. 어떤 아주머니는 몇 개를 사고 이웃집까지 쫓아와 처음보다 더 많은 무를 사면서 이웃에 권하기도 하고, 어느 집에 가면 많이 살 거라고 알려 주기도 한다. 또 어떤 아주머니는 추석 직전이라 손님이 별로 없긴 하지만 인정이 그렇지 않다며 몇 개 놓고 가라고 하기도 한다. 장사를 하거나 기계를 다루는 사람들은 꺼림칙하게 여기는 것들이 많아 이른 아침에 찾아오는 장사꾼을 언짢게 생각하지나 않을까 걱정도 되고 장터에서의 분위기에 적잖이 주눅이 들어 있었던 나는 사람들이 그저 고마워지고 내 무에 대해 자신감도 갖게 되었다. 그곳에서만 가져간 무의 절반을 팔았다.

다음에 간 곳은 주암면 소재지였다. 입구의 첫 가게에서 문을 열고 기척을 하니 식당일보다는 농사일이 더 어울려 보이는 허름한 차림의 할머니가 나오셨다. 식당 내부도 할머니의 모습처럼 낡고 초라하다. 그분은 8백 원 하는 무를 딱 한 개 사셨다. 이 가게는 하루 내내 다른 손님은 없고 할머니 또래의 늙은 농부나 일꾼들 몇이 하루 일을 마친 해거름에 들어와 막걸리 한 잔씩을 걸치면서 그날 쌓인 피로를 풀고 일어서는 곳일지도 모른다. 인사를 하고 나오는 나에게 할머니는 이 안으로 들어가면 채소 가게가 세 곳 있으니 가 보란다. 재수 볼 거라고 하시면서.

할머니의 말씀대로 그곳에서 재수를 많이 보았다. 거리에서 아주머니들이 모여들어 잠깐 동안은 거스름돈을 세어 주기도 바빴다. 나는 이번에 무를 사 가는 사람에게서 재수 볼 거라는 말을 세 번 들었다. 이 말을 해 준 사람은 모두 나이 많은 할머니들이다. 그리고 그 말을 들었던 날은 틀림없이 재수가 좋았다. 나이 드신 분들이 장사꾼에게 흔히 하는 덕담인 모양이다. 앞으로도 계속될 장삿길에 투박한 느낌의 이 덕담을 들으면 재수가 정말 좋을 것 같다.

주암면을 지나면 화순군이다. 후배가 일러 준 타원형 코스의 반환점인 화순군 사평리에 이르렀을 때에는 무가 50여 개 남았다. 그동안 아주머니들이 골라 가고 남은 작고 못난 것들이다. 떨이할 일로 고민

하면서 중국음식점에 들르니 맘씨 좋게 보이는 육중한 몸매의 주방장 겸 주인이 앞치마를 두른 채 나와 2만 5천 원에 몽땅 사 주었다. 그리고 자기도 얼마 전까지 서울에서 살다 내려왔다면서 얼음 서너 조각을 띄운 시원한 냉커피도 한 잔 내주었다. 앞으로도 채소 팔다가 남은 것 있으면 놓고 가란다.

출발할 때 생각했던 것보다 훨씬 빨리 열두 시 경에 무를 모두 팔고 아이들 운동회 보러 가 있을 아내에게 마치 내가 경기에 나가 이기기라도 한 듯 전화를 했다. 학교에서 아이들과 함께 점심을 먹고 오전의 성과에 고무된 나는 오후에 다시 무를 뽑아 싣고 후배가 일러 준 반대편 코스를 돌아 밤 여덟 시 경에 집으로 돌아왔다. 하루 종일 허리춤에 매어 둔 전대에는 21만 원이 들어 있었다. 여름 내내 들였던 땀과 정성이 포함된 것이기는 하지만 지금까지 살아오면서 내가 벌었던 일당 중에서 가장 많은 액수였다.

추석 전날까지 아흐레 동안 무를 팔러 다니면서 나의 생활 리듬은 완전히 흐트러져 버렸다. 잠들고 깨는 시각이 들쭉날쭉하다 보니 잠이 항상 부족한 듯하고, 밥 먹는 시각도 일정치 않았다. 게다가 날마다 긴장이 풀어지지 않으니 배변조차 순조롭지 못했다. 그러나 무엇보다 어려운 일 중 하나는 다른 작물을 돌볼 틈이 별로 없다는 것이다. 추석을 지난 후에 차분하게 둘러본 논밭은 그래서 약간 서먹한 느낌이었다.

파는 일에 신경 쓰지 않고 안정된 상태에서 기르는 데에만 전념할 수 있다면 얼마나 좋을까 하는 생각이 간절했다. 그러나 행상을 하면서 만났던 많은 사람들이 낯선 장사꾼에게 보여 준 여유와 배려, 그리고 따뜻함에 대해서는 희망을 가져도 좋을 것 같다. 시장에 나오는 사람들의 날 서고 각진 모습과 너무 대조되어 시장에 대해 다시 생각해 보게 된다.

가장 효율적인 자원 배분 체계이며 생산자와 소비자, 그리고 사회 전체에 이익을 가져다주는 것으로 아담 스미스가 찬양해 마지않았던 시장 시스템은 올 쌀농사에서 보듯이 풍성함을 저주스러운 일로 만들어 버린다. 옛날 같으면 가족 모두가 1년을 배불리 먹게 되었다고 좋아했을 일이다. 풍년이 들면 사람들 마음도 기껍고 넉넉해져야 하는데 추수를 끝낸 농부들은 내년 쌀농사 생각에 벌써 걱정이 많다. 한여름에 시장에서 3천 5백 원까지 했다는 무 하나는 김장철을 앞둔 지금 소매점에 2~3백 원에 내고 있다.

사먹는 사람과 생산한 사람은 철이 바뀌면서 마음도 정반대가 된다. 농부에게는 남의 농사는 망하고 내 것만 잘 되어야 한다. 내 농사와 함께 남의 농사도 잘되는 것은 불안한 그림자이다. 시장에 물건을 팔러 나오는 사람들은 좋은 자리를 차지하기 위해 밤늦은 시각에 차를 갖다 대 놓고 그 속에서 잠깐 눈을 붙이고 나오기도 한다. 상인들은 물건을 고르면서 흠집을 발견하기 위해 눈을 부릅떠야 하고 칭찬하는 일은 손해로 이어진다.

물건을 사고파는 사람 사이에서 한쪽의 행운은 상대편의 불운이다. 따라서 다른 사람의 행운을 축하하거나 함께 기뻐한다는 것은 넋 나간 일이 된다. 행여 빈틈을 보이지 않도록 끊임없이 긴장해야 하고 다른 사람의 언행을 날카롭게 포착할 수 있도록 안테나를 높이 세워 두어야 한다. 시장은 그곳에 참여하는 사람을 그렇게 만들고야 만다.

지역의 범위를 가능한 한 좁히고 더 인격적이고 지속적인 바탕 위에서 사람들 사이의 관계가 이루어지도록 할 수는 없는 것일까? 그 일이 비록 매우 험하고 힘들어 보일지라도 시장이 멀찍이 떼어 놓은 사람들 사이의 간극을 메우고 우의와 배려를 북돋울 수 있다면 우리는 그것을 열심히 꿈꾸고 간절하게 소망할 일이다.

자연에
미안한 마음이
들 때

"여러분은 자신이 신앙적으로 철들었다는 느낌을 가질 때가 언제였습니까?"

조금은 느닷없는 신부님의 질문에 아무도 대답하지 못했다. 우리 가족이 나가고 있는 벌교성당에 특별강연차 오신 신부님은 신학생 시절 언젠가 하느님의 가없는 사랑과 은혜에 비추어 자신의 생활이 너무 한심해 보여 하느님께 아주 미안한 마음이 들었다고 한다. 돌이켜 보면 그때부터 자신이 신앙적으로 철이 들기 시작한 거라고 말씀하셨다.

한 시간 넘게 계속됐던 신부님의 이야기에서 나는 그 부분만을 기억하고 있다. 굳이 신학적인 용어나 논리를 동원하지 않고 자식이 부모에게 철드는 것에 빗대어 말함으로써 막연해 보이는 문제를 이해하기에 아주 쉬우면서도 절실하게 풀어냈다. 나는 어떤 책을 읽거나 강연을 들을 때 그 속에서 오랫동안 곱씹을 만한 단어나 구절 하나만 건질 수 있다면 그 작업에 들인 돈과 시간의 대가를 회수했다고 생각한다. 작년에 세례를 받아 초보인 나에게는 언제 그런 생각이 드는지 내 삶을 유심히 지켜볼 참이다.

우리는 '서로살림'과 관련된 모임이 있을 때마다 환경, 또는 생태에 대해 이야기한다. 생산자는 친환경적인 방식으로 농사를 짓고 생산물을 지역 안에서 거래함으로써 지구가 맞닥뜨린 생태적 위기를 해결하는 데 일조한다는 자긍심을 갖고, 소비자 또한 그러한 농산물을 소비함으로써 건전하고 깨어 있는 소비자라는 나름의 자긍심을 갖는다. 그러나 생산자, 소비자를 불문하고 우리의 일상생활을 조금만 깊이 들여다보면 우리가 갖고 있는 그러한 자긍심은 과대망상이거나 자기기만에 불과하다. 왜냐하면 우리의 삶이 지구가 처한 생태적 위기를 해결하는 방향과 온전히 일치한다고 볼 수 없기 때문이다. 아무리 좋게 보아 준다 해도 '서로살림'과 관련된 우리들의 삶은 오늘날 대량생산과 소비문화에 젖어 있는 세태를 생각할 때 자연에 무해한 방식이 아니라 조금 덜 해로운 방식일 뿐이다.

생산자로서 나는 이 작은 농장을 유지하기 위해서 부탄가스와 경유, 휘발유를 합쳐 1년에 2천 리터가 넘는 화석연료를 쓰고 있다. 여기서 나오는 온실 가스는 얼마나 될까? 이것은 단지 눈에 보이는 '만행'에 불과하다. 한 달에 2백 포 남짓 쓰는 닭 사료를 생산하고 운송하는 데 들어가는 에너지와 원료 곡물을 생산하는 데 쓰이는 에너지는 어떠한가. 고추건조기와 발효사료배합기가 소모하는 전기, 거기다

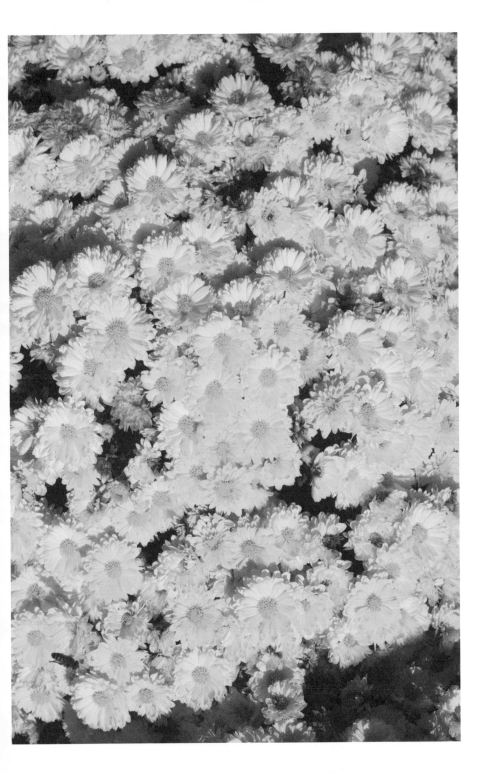

가 닭이 호흡과 배설로 내뿜는 온실 가스 등 눈에 보이지 않는 것들까지 감안하면 계산이 불가능하다. 생산과정의 이러한 만행과 부도덕에도 불구하고 농약과 비료를 쓰지 않고 비닐 멀칭을 하지 않으며, 생산물을 먼 곳으로 보내지 않는다는 보잘 것 없는 '선행'이 농부로서 내 자긍심의 바탕이 되고 있다.

소비자로서 나는 어떠한가. 우리 집은 달걀 배달 일로 저녁에 아이들만 집에 있는 날이 많아 라면을 꽤 많이 소비한다. 나도 끼니가 어중간할 때는 곧잘 라면을 끓여 먹는다. 버려진 라면 국물을 정화하는 데에는 국물의 수천 배에 해당하는 물이 필요하다고 한다. 굳이 국물을 생각하지 않더라도 라면 한 봉지를 끓이면 그 찌꺼기가 최소한 세개 나온다. 포장용 비닐봉지와 스프 봉지 두 개다. 라면 다섯 개를 묶음으로 포장한 큰 봉지는 따로 있다.

그러나 이것은 눈에 보이는 찌꺼기일 뿐이다. 생산과정에도 눈에 보이지 않는 찌꺼기가 항상 있듯이 오늘날 자급자족을 뺀 모든 소비생활은 필연적으로 많은 쓰레기와 함께 눈에 보이지 않는 찌꺼기를 남긴다. 작은 라면 한 봉지가 그러하다면 다른 소비생활에 대해서는 두말할 필요가 없다. 나는 단지 식량을 상당 부분 자급하고 있고 또 보통의 도시 소비자들에 비해 소비 규모가 조금 작을 것이라는 점이 위안일 따름이다.

이러한 우리의 일상생활을 생각하면 지구의 생태적 위기를 눈앞에 둔 우리에게 필요한 것은 4대강 사업과 같은 타인의 악행에 대한 분개나 남들에 비해 생태적으로 건전하게 살고 있다는 자긍심이 아니다. 정말 필요한 것은 자신이 남긴 크고 작은 찌꺼기들로 인한 죄책감, 곧 위에서 말한 신부님의 표현을 빌린다면 자연에 대한 미안한 마음이어야 하지 않을까. 타인의 행위에 대한 분노나 내 삶에 대한 자긍심으로는 생태적인 면에서 자신의 삶을 근본적으로 바꿀 수 없다.

　신이 빚은 질서인 자연의 아름다움을 머리가 아닌 몸으로 느끼고, 나의 행위가 자연의 아름다움과 조화로움을 깨뜨리는 것이었을 때 그것이 비록 라면 봉지 같은 작은 것일지라도 자연에 미안한 마음이 일지 않거나 마음에 상처를 받지 않는다면, 즉 우리에게 그러한 감수성이 없다면 우리는 어디에서 위기 탈출의 희망을 찾을 수 있을까.

흙을 만지지 못하고
살아가는
사람들에게

환경과 생태는 같은 말일까, 다른 말일까. 친환경농업, 생태농업 등에서와 같이 이 두 개의 낱말은 쓰임이 비슷해서 요즘 말로 호환성이 매우 높은 말이다. 그러나 엄밀하게 이 낱말을 대조적인 뜻으로 쓰려는 사람들도 있다.

환경이란 인간의 삶에 영향을 미치는 자연적, 사회적, 문화적인 조건들을 말하는데 사람들은 그중에서 특히 자연적 조건에 주목한다. 그런데 이 말은 인간을 세상의 중심으로 보고 나머지 것들은 인간을 위한 것, 또는 부차적이거나 주변적인 것으로 취급한다.

이에 반해 생태라는 말에는 인간은 자연을 구성하는 한 요소에 불과하며 자연을 구성하는 다른 요소들과 동등한 것으로 보려는 입장이 담겨 있다. 인간 중심주의적인 가치관이 오늘날 지구가 처한 생태적 위기의 근본적인 원인의 하나라고 본다면 생태라는 말은 환경(또는 친환경)이라는 말에 비해 한 걸음 더 진화한 말이다.

그렇다면 우리에게 희망의 불씨가 될 생태(주의)적 감수성을 어떻게 기를 것인가. 나는 농사일 즉 땅과 함께한 경험 속에서만 그 해답을 찾을 수 있지 않을까 생각한다. 이제 귀농한 지 10년째를 맞이하는 농사꾼으로서 나의 지난 50년짜리 삶을 되돌아보면 내가 태어나고 자랐던 마을과 뒷산, 시내와 들판의 한 부분으로 지낸 유소년기를 제외하고 지난 10년간이 내 삶의 황금기였다. 비록 얼치기 농사꾼이지만 내가 그렇게 생각하게 된 이유를 말해 보려고 한다.

우선 하루 노동한 것에 대한 보람이나 의미에 관한 문제이다. 귀농하기 전 교사로 살아갈 때 나는 어느 정도 회의주의자였다. 학교에서 지냈던 하루가 뿌듯하게 느껴졌던 기억이 별로 없다. 내가 하는 말과 행동이 학생들의 현재와 미래의 삶을 행복한 곳으로 이끄는 것인지 아닌지 확인할 길이 없었다.

더욱이 나는 내가 바람직하거나 옳다고 여긴 것들을 학생들에게 제시할 권리가 있는지도 의심스러웠다. 타인의 삶에 내가 영향을 미칠 수 있다는 사실이 두렵기도 했다. 나는 확고부동한 교육관을 세우고 그것을 학생들에게 자신 있게 제시하거나 심지어는 강요하는 교사들을 존경하기도 했지만 대체로 경원했다.

인간이라는 존재가 우리 인식의 뜰 안에서만 노니는 것이라면, 인생이 사유의 테두리 안에 가둬질 수 있는 것이라면 그렇게 해도 좋으리라. 내게 인간은 우리의 인식 속에 온전히 포섭될 수 없는 신비 그 자체이고, 인생 또한 알 수 없는 것들로 가득 찬 어떤 것이다. 나는 교사란 근본적으로 회의할 수밖에 없고 또 당연히 그래야 하는 존재라고 생각했다. 이러한 경향은 지금도 자식들을 대하는 나의 태도에 남아 있다.

하루 일한 의미나 보람이라는 측면에서 농사꾼으로서의 내 삶은 매우 단순하고 명쾌해졌다. 내가 일해서 만들어 내는 것은 건강하고 맛있는 먹을거리가 되고 나와 가족과 사람들이 그로 인해 목숨을 부지하니 어디에도 회의와 의심이 끼어들 여지가 없는 것 아닌가. 아이들 가르치는 일과는 달리 농사에는 사람들이 어느 정도 동의할 수 있는 이상형이 있다. 이에 비추어 내 일의 과정과 결과물의 충실하거나 부족한 모습이 가감 없이 그대로 드러나니 농사일은 대체로 즐겁고 머릿속이 복잡하지 않아서 참 좋다.

둘째로 농사는 다른 어떤 일보다도 선명하게 자신의 실존을 확인할 수 있는 일이다. 나에게 삶이란 자신을 둘러싼 세상 모든 것들, 즉 세계와 자신과의 투쟁이 아닌 교섭이다. 사람은 노동을 통하여 세계와 교섭하고 그 결과로 나타난 세계의 변화를 보고 나의 존재와 삶을 확인한다. 다른 어떤 일보다도 농사일에서 삶의 이런 근원적 측면이 가장 선명하고 직접적인 형태로 나타난다. 자기 행위가 갖는 의미를 확인하기 위해 길고 복잡한 추론의 과정이 전혀 필요 없다.

얼마 전 가깝게 지내는 농부들끼리 만났을 때 논밭에 김매는 일이 잠깐 화제가 되었던 적이 있었다. 벼가 자라기 시작하면서 해야 하는 김매기는 농사일 중에서도 특히 힘든 일인데, 우리가 무엇을 바라서, 무슨 재미로 그 일을 하는가 하는 문제였다. 대답은 이구동성으로 뒤

돌아보는 맛으로 한다는 것이었다. 옆에 앉은 형님은 거기에다 그 고랑 풀을 다 매고 난 후 논두렁에 앉아 노래 한 가락 뽑아 올리는 재미를, 나는 그 고랑 끝에서 피워 문 담배의 비할 데 없이 구수한 맛을 덧붙였다. 그것은 도시의 사무실에서 스트레스 속에서 일을 하는 중에 잠깐 짬을 내서 피우는 담배와는 달리 힘든 일을 마친 뒤의 자축연이다.

논밭에서 엎드려 김을 매다 보면 나도 모르게 자꾸 뒤를 돌아보게 될 때가 많다. 눈앞이 잡초와 작물이 뒤섞인 혼돈과 무질서의 세계라면 등 뒤의 세계는 잡초가 제거되고 내 노동의 목적물만 질서 있게 남은 정돈된 세계이다. 그 질서는 오롯이 나의 머리와 손, 몸과 땀으로 부여된 것이다.

내가 교섭하고 있는 세계는 정확하게 내가 땀 흘려 일한 만큼만 변한다. 물론 기계를 쓰지 않고 간단한 농기구나 맨손으로 일할 때 그런 특성은 보다 선명하게 드러난다. 거기에는 우연이나 행운, 또는 어떠한 속임수도 끼어들 여지가 없다. 그래서 나는 농사를 신(자연)의 질서 위에 인간의 질서를 덧씌우는 일이라 말하기도 한다.

우리 동네에는 올해 90을 넘긴 연세에도 아직 지게를 지고 들일을 끈질기게 하는 분이 계시다. 이분 말고도 농촌이 고령화되면서 허리가 다 굽은 몸으로 여전히 논밭에서 땀 흘리는 분들이 많다. 그분들의 일을 안쓰러운 고역으로 간주하고 연민을 느낀다면 그것은 농사일의 이런 특성을 알 리 없는 도시민의 얕은 생각이다. 물론 생활비나 용돈을 마련해야 하는 현실적인 필요 때문에 일하는 경우도 있겠지만 그분들에게 농사일은 근본적으로 '존재의 이유'이다. 사람은 일함으로써 존재한다.

농사일의 가장 본질적인 특성 중 다른 하나는 '돌봄 또는 보살핌'이라 할 것이다. 세상의 수많은 직업들 중에서 특히 농사일은 정성과 사랑으로 보살피지 않으면 좋은 열매를 기대할 수 없다. 그런데 그것은 일의 대상인 작물을 보살핌으로써 그 결과물로 다시 자신과 가족과 이웃을 보살핀다는 이중의 의미를 갖는다. 그런 특성 때문에 농사꾼은 필연적으로 평화를 사랑하고(내 마음이 평화롭지 않으면 작물이나 가축을 잘 돌볼 수 없다) 모든 살아 있는 것들의 생명을 유지하며 북돋아 주는 존재가 될 수밖에 없고 그럼으로써 농사꾼은 지상에서 신의 일을 대행하는 존재가 된다. 마하트마 간디는 이를 두고 '신이 인간에게 모든 것을 주는 존재라면 농부는 신의 손이다'라고 말했다.

나는 농사일을 하면서 밥이 하늘이라는 동학의 가르침을 어렴풋이나마 실감하고 있었다. 저녁노을의 장관을 감탄하고 무지개와 꽃들의 아름다움을 시샘하고, 옛 추억을 그리워하고, 밤하늘의 별을 헤고, 꿈을 꾸고, 좋은 사람을 사랑하고, 진리를 좇고, 신을 동경하는 모든 일들 중에 밥 먹지 않고 할 수 있는 일이 하나라도 있는가. 20세기를 살았던 가장 위대한 영혼인 간디가 어떤 책에서 이 말을 한 것을 발견했을 때 나는 농사일을 새로운 직업으로 선택한 것에 대해 정말로 커다란 기쁨을 느꼈다. 그러나 자본주의 사회에서 농업은 자급적인 성격을 잃고 상업적 농업, 시장 지향적 농업, 이윤을 추구하는 농업으로 바뀌면서 반자연적이고 반생명적인 것으로 변하고 말았다.

나는 오늘날 우리 사회에서 극악한 범죄들이 날로 증가하고 폭력이 일상이 된 현상은 농업의 쇠퇴와 깊은 관련이 있다고 생각한다. 도시에서의 생활은 생명을 직접적으로 만나기 어렵다. 의식주와 관련된 모든 것들을 죽음의 형태로 접한다. 콘크리트로 지은 아파트는 말할 것도 없고 아파트 주변에서 자라는 많은 나무와 꽃들조차 대다수의 주민들에게는 풍경의 일부일 뿐 보살핌의 대상으로 여겨지는 일이 없다. 그런 풍경을 만들고 가꾸는 일은 그것을 직업적 의무로 부여받은 사람들의 몫으로 여긴다.

대형 상가의 커다란 진열장에 깔끔하게 처리되어 놓인 쇠고기를 선택하면서 그것이 바로 며칠 전까지만 해도 커다란 눈동자를 굴리면서 여물을 씹던 소의 일부분임을 떠올리는 소비자가 있을까. 송아지가 다 자라서 따로 떼어 놓으면 제 새끼를 그리며 2, 3일 동안 잘 먹지도 않고 목이 쉬도록 울어 대기만 하는 어미소의 안타까움 같은 것은 더욱 상상할 수 없을 것이다.

농사는 항상 생동감으로 가득히 빛난다. 물론 생활 속에서 생동감을 가장 쉽게 느낄 수 있는 것으로 운동경기만 한 게 없다. 월드컵 축구 경기를 보면서 온 국민이 열광하는 것을 보라. 그러나 운동경기가 보여 주는 생동감은 그것이 승패를 전제하기 때문에 생겨나는 것이다. 경기에 몰입하는 선수들은 너나 할 것 없이 상대를 꺾으려는 열망으로 모든 에너지를 쏟아붓는다. 그리고 경기가 끝난 뒤 한쪽은 환호와 희열, 찬사와 열광으로 가득 차지만 그것은 상대편이 겪는 깊은 침묵과 좌절, 분노와 절망을 대가로 한 것이다. 즉 운동경기가 주는 생동감은 경기에서 상대를 이기는 것을 (식물의 가지나 새순, 또는 꽃을) '꺾는다'고 표현하는 데서 볼 수 있듯이 상대의 생명력을 약화시키거나 죽임으로써 맛보는 것이어서 건강할 수 없다.

이와는 달리 농사를 지으면서 느끼는 생동감은 대상의 생명력이 꽃필 때 얻어진다. 연약한 배추 모종을 옮겨 심고 볕이 나면 배추 잎은 오후에 하얗게 시들어 땅바닥에 드러눕는다. 이런 일이 사나흘만 반복되면 잎이 말라서 떨어지고 그곳에는 배추를 심었다는 흔적만 남는데, 비가 온 후 어느 날 그곳에서 다시 파랗게 돋아나는 좁쌀만 한 배추 잎, 뿌리라고는 하나 없는 고구마 줄기를 두세 마디 잘라 밭에 묻고 비가 오지 않아 다 시들 즈음 조그맣게 새로 돋는 연보라색 뾰족한 잎사귀, 비온 뒤 굳어 버린 땅을 뚫고 올라오는 무순의 놀라운 힘, 풋고추 중에서 처음으로 갈색을 띠며 익기 시작하는 첫 번째 고추의 변색과 잘 익은 고추들의 선홍색 광채, 물에 후줄근하게 젖은 몸으로도 기어코 껍질을 깨고 나오는 병아리의 투명한 살색 부리와 발가락, 태어난 지 두세 시간 된 송아지가 일어서 보려고 몸부림칠 때 흔들거리는 네 다리와 하얀 앞니 두 개, 암탉이 알을 낳으면서 전신의 힘을 쏟느라 내는 신음 소리, 때 이른 서리를 맞고 뜨거운 물 뒤집어쓴 모습을 하고 있다가 햇빛을 받아 다시 파랗게 본색을 되찾고 마는 김장 배추와 무, 폭우 속에서 무너지지 않고 굳건하게 버텨 준 논두렁 등등. 날마다 계절마다 메뉴를 바꿔 가며 펼쳐지는 생명의 향연에서 나는 힘들 때는 많지만 권태를 느낄 틈은 없다.

도시에서 땅과 단절되어 살아가는 사람들이 땅과 가까이 하는 방법으로 어떤 것들이 있을까. 농촌에 특별한 연고가 없는 도시민들이 농사일을 경험해 보기 위해서는 집의 옥상이나 베란다 또는 동네 주변에서 놀고 있는 자투리땅을 이용하거나, 요즘에 농가에서 일정한 대가를 받고 분양하는 텃밭을 일궈 보는 방법이 있을 것이다. 도시농업은 쿠바 유기농업의 성공 사례가 알려지기 시작하면서 점차 관심을 갖는 사람들이 늘고 있는데, 토양 조건이나 물, 채광 등에서 상당한 제한이 따를 수밖에 없어 실험으로 그치기 쉽다.

농촌 지역에 있는 자기 땅이나 분양 받은 텃밭의 경우 이동을 위해 자동차를 이용해야 하는 문제는 있지만 농민들과의 교류가 가능하고 나름의 긴장감도 느낄 수 있을 것이다. 어느 경우이든 씨앗을 뿌리는 일부터 가꾸고 결실을 맺기까지 온전히 자기 책임에 의해 이루어질 때라야 생태적인 감수성이나 가치관의 변화를 기대할 수 있으리라 생각된다.

따라서 일회적으로 이루어지는 농촌 일손돕기 같은 행사는 이런 점에서 큰 의미를 갖지 못한다. 또한 이러한 노력들이 오늘날의 지구적인 생태 위기 속에서 교양이나 문화 상품의 하나로 치부되거나, 자신의 소비생활이 환경·생태 위기에 일정한 책임이 있음을 자각하는 경우 자의식 속에서 그런 빚진 마음을 누그러뜨리려는 목적으로 행해지지는 않는지 자신을 잘 살펴볼 일이다.

정말 필요한 것은 현재의 위기가 자급자족에서 너무 멀리 벗어나 버린 우리들 삶의 직접적인 결과물이라는 인식과 이를 바꿔 보고자 하는 의지일 것이고, 이는 또다시 특별한 감수성을 필요로 한다.

달나무농장

'달나무농장'은 우리 농장의 이름이다. 내 농사가 그렇게 특별할 것은 없지만 나는 인체에 가장 해롭다는 제초제는 일절 쓰지 않고 다른 농약도 가능하면 쓰지 않거나 적게 쓰려고 노력했다. 그래서 귀농 3년째인 올해는 지난해보다 농약 사용량이 훨씬 줄었다. 이렇게 생산된 농산물도 시장에 출하할 때는 관행적으로 재배한 농산물과 똑같이 취급될 수밖에 없다. 그래서 소비자들과의 직거래를 가능하면 확대해야겠다는 생각이 들었다. 그에 따라 생산자를 나타낼 수 있는 이름을 짓게 되었다.

첫 번째 생산물인 감자를 출하할 때는 이름을 결정하지 못해 그냥 냈지만 고추를 팔면서부터 고추의 품질과 생산과정을 간단하게 소개하느라 달나무농장이라는 상호를 붙여서 30여 소비자들에게 팔았다. 이름 고민을 하다가 내 이름에서 유추하여 달나무농장을 생각해

냈다. 어감으로는 두 음절의 한자어가 주는 식상함에서 벗어날 수 있고, 의미로는 만약에 달나라에 나무가 살고 있다면 그 나무는 오염과는 전혀 무관할 것이기에 깨끗하고 안전한 먹을거리를 생산하고자 하는 내 농사의 이미지와 부합된다고 생각했다.

5월에 병아리로 들어온 닭들이 9월말부터 알을 낳기 시작했다. 달걀이 생산되면 시장 출하를 하지 않고 주로 순천 지역의 소비자들과 직거래를 계획하고 있었던 나는 직거래 회원을 모집하기 위해 달나무 농장 이름이 박힌 홍보용 전단을 만들어서 아파트 지역에 배포했고 친구들에게도 홍보를 부탁했다. 그러던 중 한 친구가 농장의 이름에 대해 진지하게 반대 의견을 제기했다. 무조건 내 실명을 붙이라는 것이다. '김계수유기농'이라는 이름을 구체적으로 추천해 주기도 했다. 그리고 가능하면 전화국에 알아보아 620처럼 유기농을 연상할 수 있는 전화번호도 새로 얻으라고 충고해 주었다.

그가 나에게 내 이름으로 된 상호를 강력하게 권하는 취지는 대강 이런 것이다. 농사도 분명한 경영이다. 경쟁이 갈수록 치열해지고 있는 자본주의 사회에서 신참의 소규모 기업이 살아남기 위해서는 사람들에게 쉽게 기억되고 필요할 때 떠올릴 수 있어야 하며, 신뢰감을 줄 수 있는 이름을 갖는 것이 중요하다. 이름은 그 사람의 지나온 삶과 인격의 대외적 표상이기 때문에 내 이름으로 된 상호를 붙이게 되면 우선 생산자 또는 서비스 제공자로서 나 스스로 일에 임하는 태도와 각오가 달라질 수 있을 것이다. 나는 자신의 이름을 훼손하지 않기 위해서라도 내가 지닌 모든 것을 그 일에 쏟아붓지 않을 수 없다.

지나온 삶이 부끄러운 사람은 자신의 이름을 드러내기가 쉽지 않을 것이다. 그런 점에서 소비자들도 자신의 과거와 미래와 인격을 내건 생산자를 보통의 생산자보다 더 신뢰하지 않겠는가. 또 자기 이름으로 된 상호는 세상에 오직 하나뿐이어서 사람들에게 기억되기도 쉽다. 더불어 농장이라는 막연한 표현보다는 유기농이라는 직접적이고 구체적인 표현이 소비자들이 선택하는 데 애매함을 줄일 수 있다. 지금 내 농사가 완벽한 유기농이 아니어도 좋다. 앞으로 그것을 지향하며, 그것이 가능하도록 쉼 없이 연구하고 노력하겠다는 의지를 소비자들에게 설명하면 이해를 얻을 수 있을 것이다. 그것은 또한 나를 태만과 안일에 빠지지 않도록 도와줄 것이다. 이렇게 일에 자신의 모든 것을 걸어야 살아남을 수 있고, 또 거기에 뒤따라오는 성공적인 경영은 가격 인하와 서비스 개선을 가능케 하여 소비자들에게 봉사할 수 있는 길을 열어 줄 것이다.

여러 가지 근거와 자신의 경험을 바탕으로 한 친구의 주장은 딱히 반론을 제기하기가 어려웠고 또 내 일을 자신의 일처럼 깊이 배려해 준 것이 참으로 고마웠다. 그러나 나는 상당한 고민 끝에 결국 친구의 권고를 받아들이지 않았다. 단지 '달나무농장'이라는 이름이 이미 나와 인연을 맺어 버린 터라 한번 맺은 인연을 쉽게 끊어 버리지 못하는 내 천성 때문만은 아니다. 거기에는 또 다른 어쭙잖은 이유가 몇 가지 있다.

각고의 노력과 흔들리지 않는 신념으로 평생을 걸쳐 잘 다듬어 낸 삶은 그 자체가 훌륭한 예술품이다. 예컨대 간디와 같은 이들의 삶은 뛰어난 예술 작품과도 비교할 수 없는 향기와 감동을 사람들에게 안겨 준다. 그래서 어떤 창작 활동보다 심미적 기준이 필요한 곳은 오히려 자신의 삶일 것이다.

나는 상호와 관련해서 친구의 이야기가 모두 타당하다는 것을 인정하지만 개인의 삶과 인격을 이름에 내걸고 자신의 모든 걸 던져 분투해야 살아남을 수 있다는 것에서 어쩐지 일본의 사무라이가 연상되었다. 그들은 명예와 명분을 위해서라면 목숨도 쉽게 내던졌고 사람들은 그것을 찬미했다. 거기에는 물론 결연함과 비장함이 주는 아름다움이 있다. 그러나 그들에게 이름이나 명분은 자기 힘으로 내려놓을 수 없는 너무 무거운 짐은 아니었을까.

내가 시작한 일이 비록 사소한 것이라고 해도 일단 시작된 일은 아무리 고삐를 단단히 쥐고 있어도 이내 내 손아귀를 벗어나 제 길을 가게 마련이다. 그래서 처음에는 즐겁게 시작한 일들이 시간이 흐름에 따라 괴롭거나 힘에 버거운 일로 변해 버릴 수도 있는데, 그때 우리는 그 짐을 부담 없이 내려놓을 수도 있어야 한다. 어떤 일이 자신과 사회에 아무리 큰 의미를 갖는다 해도 그 일을 하는 본인 스스로가 즐겁지 않으면 다른 어떤 사람도 즐겁게 만들 수 없을 것이다. 나는 이름이라는 재갈을 입에 물고 일하고 싶지 않았다.

들일을 하다 보면 같은 밭의 흙이라도 햇볕이 드는 조건에 따라 흙의 상태도 많이 달라지는 것을 보게 된다. 온종일 햇볕에 드러나 있는 흙은 한낮에는 매우 뜨겁고 먼지가 날릴 만큼 메말라 있거나 비온 뒤에는 아주 딱딱하게 굳어 있기 일쑤다. 그러나 적당한 그늘 밑에 있는 흙은 부드럽고 촉촉해서 생명이 나고 자라기에 참 좋다. 어찌 흙만 그러할까. 세상의 많은 것들이 햇볕에 너무 많이, 오래 드러나 있으면 색이 바래거나 쉽게 시들고 바스러져 본래의 제 모습을 간직하지 못한다. 사람의 이름도 수많은 이들의 따가운 시선에 계속 드러나 있을 때 그 본성을 오래도록 간직할 수 없는 것은 아닐까. 나는 달나무농장이라는 나뭇잎 뒤에 살짝 숨어 그것이 바람결에 팔랑거릴 때마다 아주 자연스럽게 햇볕을 받으면서 일하고 싶다.

농사를 경영으로 보는 입장에 대해서도 다시 생각하게 되었다. 대다수의 사람들은 직업과 관련된 모든 일이 그러하듯 농사짓는 일도 경영의 일종으로 생각한다. 나 또한 그러한 견해를 당연한 것으로 받아들였다. 요즘 일부 앞서가는 농부들은 자신을 농업 경영인이라고 부르는 경우도 있는데, 농부나 농민이라는 이름에 비하면 제법 현대적이고 세련된 느낌을 준다. 전문 직업인의 이미지도 풍긴다.

그런데 기업 '경영'의 최종적인 목표는 수익을 늘리는 것, 즉 이윤의 극대화이다. 이윤을 늘리기 위해서는 생산량과 판매량은 늘리면서 거기에 들어가는 비용은 줄여야만 한다. 농사에서 생산량을 늘리기 위해서는 단일 작물을 대규모로 재배하는 것이 효과적이다. 유기농의 기본 원리 중의 하나인 돌려짓기(윤작)나 사이같이(혼작)를 해서 하나의 밭에 여러 가지 작물이 함께 자라고 있다면 기계의 힘을 이용하는 게 애당초 불가능해진다. 그렇다고 사람 손으로 해결하자면 남의 손을 빌려야 하는데 우리의 농촌 현실을 생각하면 배보다 배꼽이 커질 것은 뻔한 일이다. 따라서 농사의 규모를 키우려고 하면 기계화와 단작화는 필연이다.

공장에서 기계화는 제품의 품질에 별다른 영향을 주지 않지만 농사는 생명을 키우는 일이라 주인의 손길과 차가운 기계 또는 고용된 사람의 손길은 작물의 성장에 반드시 차이를 만들어 낸다. 또 대규모의 단작은 병해충을 훨씬 더 많이 불러오고, 이를 값싸게 해결하기 위해 농약을 쓰는 것을 가장 '효율적'이라고 한다. 비용이 적게 드니 이윤은 확대되는 것이다.

그러나 이것은 사람의 생명을 살린다는 농사의 본령과는 거리가 한참 멀다. 농사를 바라봄에 있어서, 최대의 이윤을 목표로 하는 경영이라는 생각과 사람의 생명을 살리는 일이라는 생각은 서로 양립하기 어렵다. 경영이라는 측면을 완전히 배제할 수는 없지만 그 바탕에 자본주의적 의미의 경영이라는 입장을 가지고 농사를 시작하면 그 결과는 생명을 살리는 길과는 멀어지게 된다.

나 또한 농사에도 기본적으로 기업 경영자의 태도가 필요하다는 말을 당연한 것으로 생각하고 있다가 전북 부안의 큰 농사꾼 정경식 씨를 통해 새롭게 깨닫게 되었다. 그는 2천 평 정도의 좁은 땅에서 1년에 백 가지가 넘는 다양한 작물을 유기농으로 재배하는데, 농사의 기본 목표는 자급에 두고 생활에 필요한 최소한의 현금 수입을 얻기 위해서만 판매를 한다고 한다. 그렇게 작은 규모의 농사로 불가능해 보일 만큼 다양한 작물을 재배하면서 생활을 유지하려면 정말 제대로 된 의미의 경영이 필요할 것이다.

지난해 봄 축사를 지을 때는 물론 얼마 전까지 나의 닭치는 일을 미심쩍게 생각하던 사람들이 나를 바라보는 눈길이 조금씩 달라지고 있다. 농업에 관한 위기감이 커 가는 분위기에서 젊은 농부들은 친환경적인 농사만이 살아남을 수 있는 거의 유일한 길이라는 인식을 점차 하고 있다. 그렇지만 농약이 없는 농사는 거의 불가능하며, 판매 또한 생산하는 일만큼이나 어렵다고 생각하기 때문에 관행적인 농업에서 벗어날 엄두를 못 내고 있다. 더구나 고향 땅에서 10여 년 전 한때 집단으로 시도되었던 유기농업의 바람이 참담하게 실패로 끝나 버린 경험이 아직까지 사람들의 발걸음을 붙잡고 있다. 나는 그들에게 다시 가능성의 작은 실마리가 될 수 있기를 희망한다.

'달나무농장'에서 매주 정기적으로 달걀을 배달 받는 회원이 150가정인데, 직거래로는 결코 적은 수가 아니다. 가공식품을 제외하고 이들이 필요로 하는 식료품을 모두 제공한다고 가정하면 대체로 10농가 정도가 하나의 생산 공동체를 꾸릴 수 있을 것이다. 생산 공동체라고 해서 반드시 생산과 분배를 공동으로 할 필요는 없다. 작물의 종류와 생산량을 농가별로 적절히 할당하여 개별 농가가 각자의 책임하에 생산하되 판매 등에서 조건에 맞춰 일을 분담하거나 작업의 성격에 따라 서로 도움을 줄 수 있고 때로 공동 작업을 할 수도 있다. 소비자 쪽이 조직화되어 가격 결정과 수요량의 산출, 물품의 배분 등에 함께 참여할 수 있다면 더없이 바람직할 것이다.

그러기 위해서는 도시와 농촌, 즉 생산자와 소비자 간에 많은 만남과 교류가 있어야 한다. 이렇게 된다면 그것은 단순한 생산 공동체나 소비자 공동체를 넘어 작은 규모의 도농 공동체가 될 것이다. 이 경우

공동체라는 이름을 달고 있는지, 또는 구성원들이 스스로 공동체라고 생각하는지의 여부는 중요하지 않다. 옛날의 마을이 하나의 훌륭한 공동체였듯이, 어떤 집단이나 관계에서 사람들의 삶이 공동체성을 얼마나 실현하고 있는가 하는 것이 중요하다.

이러한 모든 일들은 생산지와 소비지가 지리적으로 멀리 떨어져서는 불가능하다. 기본적인 경제활동을 포함하여 의료와 교육 등의 문제를 함께 해결할 수 있는 비교적 좁은 생활권 안에 있어야 한다. 나는 그러한 점에서 인터넷 주문과 택배가 결합되어 급격히 확대되고 있는 원격지간 거래에 반대한다. 그곳에서는 처음부터 불가능한 인격적 신뢰를 대신하여 국가가 품질을 보증한다는 품질인증표시가 큰 글자로 자랑스럽게 찍힌다. 그러나 생산자와 소비자가 잦은 만남과 교류를 하며 싹틀 수 있는 인격적 신뢰가 금이라면 국가가 보증하는 품질인증은 기껏해야 은이나 구리에 불과하다. 국가 또는 공인기관이 인증을 해주기 위해 정해 놓은 틀 속에 내 농사를 짜 맞추기도 쉽지 않거니와 설사 가능하다 해도 품질인증을 받아들이고 싶은 마음은 별로 없다.

앞에서 말한 공동체가 현실 사회에서 실현 가능한 것인지 의문을 가질 수 있다. 사람들은 지나치게 '내일'과 '완성'에 집착함으로써 오늘을 즐기지 못하고 있다. 오늘날 한국 사회의 학생들이 처한 가혹한 현실만큼 좋은 예는 없다. 그들은 어른이 되어서 얻게 될 풍요와 행복을 위해 학생 시절엔 공부 이외의 모든 것을 포기하도록 강요당하지만 그렇게 해서 어른이 된 그들의 삶은 진정한 풍요와 행복과는 거리가 멀다.

애당초 '완성된 내일'이란 것은 없다. 끝없이 이어지는 오늘이 있을 뿐이다. 우리가 이루고자 하는 목표는 그 과정들 사이사이에 맺어지는 작은 매듭에 불과하다. 공동체의 멋진 청사진을 그려 놓고 그것을 실현하기 위해 온 힘을 쏟는 것도 좋겠지만 더 중요한 것은 존중과 신뢰, 서로에 대한 따뜻한 배려와 우의, 상호 부조, 북돋아줌 등과 같은 공동체적 덕목들이 사람들의 일상에서 기본적인 원칙으로 작용하도록 하는 것이다. 삶이 그러한 원칙들로 굴러간다면 청사진이 실현되는 그날을 애타게 기다릴 필요는 없다. 오늘의 삶이 생동감과 기쁨으로 충만하다면 내일도 또한 그렇게 흘러갈 터인즉 내일을 앞당겨 염려해야 할 이유는 없을 것이다. 따라서 청사진의 완성 여부도 그렇게 중요한 일이 아니게 된다.

혹자는 그렇게 작은 규모의 공동체가 실현된다 해도 이렇게 넓은 세상에서 도대체 어떤 의미가 있는지 반문할 것이다. 요즘에는 매체가 발달하고 나라 밖으로의 여행이 보편화되면서 관심권 안에 들어오는 지리적 영역이 너무 넓어졌다. 세계화라는 추세가 그것을 강요하기도 한다. 그런데 어떤 세계를 머리가 인지한다고 해서 그것이 곧 '나의 세계'가 되는 것은 아니다. 그것과 내가 서로 영향을 미칠 수 있고 나의 영향과 행위에 대해 책임을 질 수 있을 때 그것은 비로소 '나의 세계'로 편입된다. 이러한 세계는 개인의 능력이나 영향력, 또는 하고 있는 일에 따라 범위가 달라지겠지만 대체로 머리가 인지하는 것보다 훨씬 좁다.

밖의 문제들에 대해서는 연민과 기도, 때로는 연대가 필요하겠지만 '나의 세계' 속에 침잠하여 그 속에서 하나의 전형을 만들어 내는 것도 중요한 일이 아닐까. 오늘에 충실하다면 굳이 내일을 걱정할 필요가 없듯이 '나의 세계'가 참되게 변화된다면 밖의 세계를 변화시키는 일에 너무 마음 쓰지 않아도 된다. 중요한 것은 '지금 여기(나부터)'이다.

나는 자본주의라는 바다 가운데서 자본주의적이지 않은 방식으로 살아남고 싶다. 그 바다는 사람들의 아주 작은 실수 하나도 용납하지 않고 적응력이 조금이라도 떨어지는 사람들은 사정없이 집어삼킨다. 사람들은 파도에 휩쓸리지 않기 위해서 더 큰 배를 만들고자 하지만 파도는 마치 마법에라도 걸린 듯 항상 배보다 더 커지기만 한다. 그 바다에는 파도에 뒤척거리는 끝없는 항해만 있을 뿐 마침내 도착해서 안식할 수 있는 항구란 없다. 우리는 이제 그 바다를 항해하는 배이기를 그만두고 파도가 할퀴어도 끝내 버티어 내는 작은 섬들로 살아야 하지 않을까.

5.

외로움도
견디면

힘이
된다

사람들은 대체로 외로움을 싫어한다.
그러나 자신이 선택한 삶이
어쩔 수 없이 수반하는 외로움은
오히려 그에게 힘이 된다.
남과 같지 못해서가 아닌,
남과 같지 않기로 함으로써
찾아오는 외로움은
또한 긴장감과 더불어,
이전과는 다른 결과를 만들어 내도록
나를 분발하게 한다.

귀농길,
김수희를 들으며

나는 귀농을 하면서 서울을 두 번 떠났다. 스무 살에 대학 재수로 시작된 서울 생활이 20년을 지나고, 그 가운데 선생 노릇 13년을 막 경과한 2000년 9월 말에 재직하던 학교에 사직서를 냈다. 그리고 우선 가을 농사를 한 철이나마 경험해 보기 위해 가족을 서울에 남겨 두고 10월 4일 혼자 서울을 떠났다. 농사를 직접 지을 것인지 아니면 1년간 실습을 할 것인지를 새봄이 오기 전에 결정하고 정착지도 알아볼 생각이었다. 다음 1년간을 농사를 더 배우는 시간으로 잡는다면 가족들은 그간에 서울에서 살기로 되어 있었다.

1년이면 대여섯 번씩 서울을 벗어나 다녀오는 고향길이지만 그날의 귀향길은 여느 때와 같을 수는 없었다. 간혹 귀농한 사람들의 경험담을 보면 서울을 떠나면서 하릴없이 눈물을 쏟았다는 이야기도 있었는데, 나는 고속도로 매표소를 빠져나오면서 기분이 참 좋았다. 1년 전만 해도 나에게 귀농은 꿈에 불과할 뿐 현실로 이루어지리라고는 생각지도 못했다. 더구나 그날이 이렇게 빨리 오리라고는 꿈도 꾸지 못했다.

그러나 어찌 서울에 묻어 둔 아쉬움이 없을까. 서울에서 사는 동안 반 틈을 산자락 아래 묻혀 살면서 봄에는 화사한 진달래를 보러, 여름이면 시원한 녹음과 바람을 찾아, 가을에는 고운 색 단풍을 보러 마음만 먹으면 언제든 찾아들 수 있는 북한산을 떠나는 것은 참 서운한 일이다. 또 뒤늦게 알게 된 서울대공원 삼림욕장의 10리 남짓한 산책길을 때로는 신발을 벗어 들고 맨발로 걸으면서 건강하게 웃던 사람들의 모습도 다시 보기는 어려울 것이다.

그러나 무엇보다도 10여 년 동안 한솥밥을 먹으면서 정이 든 좋은 동료들, 더 나은 교육을 꿈꾸면서 늘 밥과 술과 마음을 함께 나누었던 이웃 학교 선생님들은 오래도록 그리울 것이다. 나는 논변에 워낙 약해 그분들과 말을 많이 나누지는 못했다. 한때는 소위 '이슈'에 정통해 있으면서 화려하고 정연한 논리로 무장된 사람들이 부러웠고 그 사람들 앞에서 열등감으로 괴로운 적도 많았다.

그날 내려오는 길에 차 안에서 평소에는 별로 듣지 않았던 가수 김수희 씨의 테이프를 틀었다. 그녀는 대부분 이루어지지 못한 사랑을 노래한다. 그런데 비슷한 노래를 부르는 다른 가수들이 이미 조각나 버린 사랑을 붙들고 차마 놓지 못하며 눈물과 슬픔 속에 빠져 있는 데 반해 그녀는 가 버린 사랑에 목매지 않는다. 이별에 대한 슬픔은 잠깐이고 그녀는 냉정하게 현실을 인식하며 힘차게 고개를 돌려 다른 방향으로 새로운 길을 잡는다. 그녀의 힘이 꽉 배인 목소리는 슬픔 속에서도 항상 희망과 의지를 품고 있다. 그 목소리는 내가 유일하게 이름과 목소리를 알고 있는 프랑스 가수 파트리샤 카스와 느낌이 비슷하다. 서울을 뒤로하고 떠나는 나의 감정이 떠나 버린 사랑에 대해 이 가수가 보여 준 태도와 비슷한 점이라도 있었을까. 전에는 잘 듣지 않았던 그녀의 노래를 나는 대전을 지나올 때까지 듣고 또 들었다. 내가 20년을 살고도 비록 정을 못 붙인 곳이었지만 서울을 떠난다는 것이 나도 모르는 어떤 감상을 안겨 주었던 모양이다.

시골에 내려와 가을일 한 철을 겪고 서울에 남아 있는 가족들에게 돌아와 겨울을 난 다음 2월 14일로 이사 날짜를 잡았다. 이사하기 전날 오후에 오기로 한 포장이사 트럭이 해질 무렵이 되어서야 도착해서 밤에 짐을 쌌다. 아내가 철들면서 친자매처럼 지냈던 친구 가족이 왔고, 아내의 가까운 친척들도 우리가 떠나는 것을 보러 오셨다. 밤 열한 시가 되어도 짐 싸는 작업이 끝나지 않아 우리 가족은 뒷일을 남은 사람들에게 부탁하고 서울을 완전히 떠나 고향 길로 출발했다.

그동안 크고 작은 일들로 아내에게 의견을 묻기도 하고 서로 도움을 주고받았던 아내의 고모님들은 김 서방 밉다고 서운한 마음을 보이셨다. 지금껏 별다른 감정의 동요 없이 일을 보던 아내는 차를 타기 전에 친구를 껴안고 큰 소리로 울었고 아내의 친구도 울었다. 삶의 근거를 바꾸기로 한 나의 결정이 가까운 사람들에게 큰 슬픔이 되었다는 생각이 뒤늦게 찾아왔다. 엄마가 대전까지 울고 가는지 천안이나 아니면 수원쯤에서 눈물을 거둘지 두고 보자고 아이들과 억지 농담을 하면서 김수희 씨의 테이프를 틀어 보았지만 저번과 같은 느낌을 받지는 못했다.

퇴직을 하면서 나는 나 자신에 대해서 궁금한 것이 있었다. 퇴직한 다음 날 다른 사람은 다 출근해 있을 아침 시각에 갑작스럽게 집에 있을 나의 감정은 어떨까 하는 것이었다. 상당히 어색하고 불안할 거라 생각했지만 그날 아침에 나는 딸아이를 유치원 차에 태워 보내며 제법 편안하고 홀가분한 기분이었다. 또 나보다 한참 전에 퇴직한 선생님 한 분이 퇴직 후에 거리에서 교복 입은 여학생을 보기라도 할 때면 가슴이 울렁거림을 느꼈다는 이야기를 들었는데, 우리 학교 아이들과 비슷한 또래의 교복 입은 여자아이를 순천에서 보았을 때도 나의 마음은 별다른 움직임이 일지 않았다. 나는 자신의 이런 무딘 감각과 무던한 마음이 기쁘고 대견하게 여겨질 때가 있다. 어쩌면 내가 학교나 가르치는 일에서 어떠한 의미를 찾기 힘들어진 변화로 인한 당연한 결과일지도 모른다.

그러나 시골에 내려와서 얼마 되지 않던 어느 날, 낙안읍성을 관광하러 오는 수학여행 버스를 별 생각 없이 바라보다 운전석 건너편 맨 앞자리에 인솔 교사가 창 쪽으로 치우쳐 혼자 앉아 있는 모습을 보고는 괜스레 가슴이 시큰거렸다. 그분은 아마 차에 타고 있는 학급의 담임선생님일 것이다. 내가 이곳에 내려오기 전에는 나도 바로 그 자리에 앉아 내가 가르치던 아이들과 함께 여행을 다니기도 했다. 이제 달라진 입장에서 바라본 버스의 그 자리는 더 이상 나의 자리가 아니었다. 그것은 몇 달 사이에 나의 위치가 확실하게 변했음을 실감케 해주었다. 어쩌면 아주 단순한 장면 하나가 갑자기 내 마음에 작지 않은 파문을 일으키는 것을 보면 학교나 교육에 대한 소망과 미련이 내 안에 아직 남아 있는 모양이다.

나의 몸은
왜 그리 농사를
원했을까

          귀농 후, 첫해 봄에 본격적으로 농사철이 되면서 나는 내가 자라난 고향 마을로 날마다 출근했다. 나는 동네 어른들 중 누군가가 어떤 연유로 시골로 내려오게 되었는지를 나에게 한 번쯤 물어보지 않을까 생각했다. 그러한 물음에 대해 두루뭉술하게 이런 말을 준비해 두었다.

  '나는 성격이 좀 유별난 데가 있어서 남들이 뛰어갈 때 걷고 싶고, 일을 할 때 손쉬운 방법보다는 때때로 어려워 보이는 쪽에 더 마음이 끌리기도 하며, 남들이 가로질러 곧장 가는 길을 애써 돌아가고 싶습니다. 그것이 어쩌면 빨리 갈 수 있는 길일지도 모르고, 작게 사는 것이 크게 사는 것일 수도 있으니까요.'

  대체로 이런 취지로 대답하고 싶었지만 어느 누구도 내게 귀향하게 된 동기나 이유를 물어보지 않았다. 동네 어른들 중 누군가와 실제로 그런 문답이 오고 갔다면 그렇잖아도 미심쩍은 눈으로 보이던 나는 머리가 아주 이상한 녀석으로 공인받았을지도 모를 일이다. 그런데 나는 내가 귀농하게 된 이유를 확실하게 납득시킬 수 있을 만한 설명을 가지고 있기나 한 것일까.

생각해 보면 내가 왜 농사를 짓겠다고 나섰는지를 나 자신에게조차 뚜렷하고 조리 있게 설명할 수 없다. 귀향하기 전에 서울에서 과연 '좋은 삶'이란 어떤 것일까에 대해 많은 생각을 했지만 좋은 삶은 이러해야 한다고 그것이 갖추어야 할 조건들을 나열할 수는 없는 일이다. 다만 새로운 생활이 2년을 넘긴 지금 상황에서 확실한 것은 농사를 짓는 것은 나의 몸이 절실하게 원하던 일이었다는 느낌뿐이다.

아침에 일어나면 빨리 들판으로 나가고 싶고, 때로 일이 너무 힘들어 해 떨어지는 것이 반가울 때가 없지 않지만 그렇다고 해서 일이 지겨운 적이 없었으며, 일을 마치고 집으로 돌아가는 길은 대체로 만족스럽고 마음에 거리낌이 없었다. 조그마한 제비꽃 한 송이에도 신이 깃들어 있듯이 날마다 보여 주는 작물들의 변화에서 나는 나를 분명하게 느낄 수 있다.

하루 일을 마감하면서 그날 나의 힘들었던 노동의 가치가 얼마나 될까 궁금한 적도 있었지만 나는 들판에 있을 때가 가장 편안했다. 내 몸은 비로소 참으로 자유로워졌다. 나의 삶에 관한 한 이제는 꼭 머리가 논리적으로 사고하고 판단한 것만이 아니라 몸이 원하는 것이 더 진실일 수 있다고 믿게 되었다. 머리가 내린 판단은 어쩌면 몸이 원하던 것을 나중에 반영하는 것이 아닐까 생각하는 것이다. 그리고 이러한 변화들이 내가 생활을 바꾼 지 얼마 지나지 않은 시점임을 감안하면 도시에서의 지난 삶에 대한 반작용으로 나타나는 일시적인 현상이 아니기를 진심으로 바라고 있다.

나의 몸은 이 일을 왜 그렇게 원했을까. 아마도 많은 부분은 나의 어린 시절의 삶에 바탕을 두고 있을 것이다. 그때 내 생활은 산과 시내, 들판과 더불어 무덤이 늘 가까이 있었다. 무덤들은 대체로 양지바른 곳에 자리하고 있어서 햇볕이 잘 들고 겨울에 바람이 잘 닿지 않아 아늑한 데다가 잔디가 깔려 있어 앉아 쉬기에도 좋다.

이른 봄바람 끝이 아직은 차가울 때 나는 동네 어귀 나지막한 언덕에 있는 무덤가에 앉아 멀리 들판을 바라보곤 했다. 봄기운을 받아 파랗게 자라기 시작하는 보리밭에는 아지랑이가 어지러웠고, 그 위에서 농부 부부가 김을 매고, 그들의 머리 위에서는 종달새들이 즐거움에 겨운 듯 종알거리며 자맥질을 반복하던 것을 나는 아직 새 풀이 돋지 않아 누렇게 바랜 무덤가 잔디 위에서 반쯤 드러누워 고양이처럼 졸리는 눈으로 한없이 바라보던 적이 있었다.

지금 생각해도 참 평화스러운 모습이다. 엄마의 젖무덤을 물다 잠든 갓난아기의 모습이 평화의 원초적인 상징이라면 초봄의 들판에 펼쳐진 그 장면은 평화가 실제의 삶에서 실현된 모습으로 나의 머릿속에 새겨져 있다.

초등학교 저학년 어느 겨울밤이다. 내가 아버지의 팔을 베고 잠자리에 드는 것은 거의 없던 일이어서 그날은 쉽게 잠이 들지 않았다. 댓살을 비스듬하게 격자로 붙인 들창문은 보름을 갓 지난 달빛을 받아 훤했다. 달빛은 허연 한지를 바른 창문에 파르스름하게 빛났고 거기에 잎을 모두 떨군 감나무 가지의 그림자를 비추고 있었다. 들창문에서 가까이 있는 외양간에서는 간혹 소가 땅이 꺼질 만큼 크게 한숨을 쉬기도 했다.

가끔 부는 가는 바람에 뒤안의 대나무 잎들이 서로 부벼 대며 메마른 소리로 바스락거리지 않았다면 그 밤이 그렇게 적막하다는 것을 아마 느끼지 못했을 것이다. 밤이 더 깊어지면서 뒷산에서 부엉이가 울었다. 그날 밤 부엉이의 목구멍 너머로부터 울려나오는 소리는 나를 알 수 없는 깊은 곳으로, 우주로 이끌어 가는 것만 같았다.

그렇게 신비스러운 느낌의 밤을 앞으로 또 맞을 수 있을까. 마을 뒤편 골짜기에 놓아먹이던 소를 찾아 산을 헤맬 때 어린아이 정도는 대수롭지 않다는 듯 느리게 덤불 속을 기어가던 커다란 살모사, 깊은 산속에서 오랫동안 주인을 잃어 심하게 헐어 버린 무덤에 산짐승이 뚫어 놓은 듯 시커멓게 입을 벌리고 있는 구멍들. 남들 눈에는 볼 만한 것 하나 없는 고향 땅의 이런 것들과 사랑하는 어머니가 나를 불러 이곳으로 오게 하지 않았을까.

시골에서 나를 불러 내린 것이 있다면 서울에서 나를 이곳으로 내려 보낸 것들도 있을 것이다. 나는 학교를 마친 후 중등학교 교사 말고는 해본 일이 없다. 90년대 중반 이후 소비문화와 대중문화가 아이들의 생활과 생각을 붙들고, 경쟁이 더욱 치열해짐에 따라 학교에서는 교사와 아이들이 차츰 엇나가기 시작했다. 서로의 영혼이 맞닿아 불꽃이 튀거나 마음이 모아진 눈길이 마주치는 일도 점점 사라졌다.

아이들은 학교가 위치한 북한산 자락을 수놓은 벚꽃이나 백목련, 개나리와 단풍에서보다는 매체와 스타와 값비싼 물건에서 아름나움을 발견하곤 했다. 교실에서 나의 말은 차츰 생명을 잃고 화석처럼 굳어 갔고 나는 점차 관리자가 되어 갔다.

인간에 대한 관리는 필연적으로 억압과 폭력을 수반한다. 변화된 상황을 뚫고 나갈 수 있는 창의성과 아이들에 대한 사랑이 부족한 탓이므로 이것은 온전하게 나의 책임인가. 학교라고 하는 현재의 제도는 그것에 부과된 역사적 사명이 이미 끝나 무대 뒤로 퇴장해야 할 형편임에도 자신의 운명을 거부하고 악령처럼 끈질기게 살아남아 그 안에서 숨 쉬고 있는 모두를 옥죄고 있는 것은 아닌지. 그럼에도 나는 호구책으로라도 아이들을 붙들고 있어야 하는 건지. 이런 생각들이 계속되면서 걸어서 10분이 채 걸리지 않는 출근길은 아침마다 꽉 꽉하기 그지없었고, 동료들은 갈수록 피곤해 했으며 나의 몸과 마음도 점차 피폐해 갔다.

우리 가족이 낙안에 자리를 잡으면서 얼굴을 익힌 사람들은 우리 가족을 제법 수상쩍게 여겼다. 직접 묻기가 민망하여 이야기하지는 않지만 내가 교단에서 무슨 문제를 일으켜 쫓겨 온 것으로 지레짐작하는 사람도 있고, 사립학교의 특성을 조금이라도 아는 사람은 정리해고의 대상이 된 것으로 넘겨짚어 실로 안쓰럽다는 눈으로 바라보는 사람도 있다. 대체로 왜 그렇게 살기 좋은 서울에서 꽉꽉한 시골로 내려왔는지, 그리고 교직이라는 편한 자리를 버리고 험한 일을 택했는지 이해하지 못하는 것이다.

사람들 의식 속에는 서울 또는 중앙에 대한 뿌리 깊은 열등감과 화이트칼라에 대한 선망이 혼합되어 있다. 말단 행정기관의 직원들은 아직도 지역 주민들을 조금은 우습게 생각하는 경우가 간혹 있으며 교사는 아직까지 농촌 사람들이 실제 생활에서 접하는 가장 그럴듯한 화이트칼라이다. 아내는 학교에 급식이라도 가는 날이면 서울 물을 먹은 여자에 대한 비꼬는 투의 말을 가끔씩 얻어듣고 올 때가 있다. 어쩌면 서울과 화이트칼라에 대한 열등감이 거기에서 탈락했다고 생각되는 사람에게 왜곡된 형태로 나타나는 것으로 보이기도 한다.

내가 이곳에 와서 젊은 사람들에게 가장 많이 들었던 말 중 하나는 '농사를 지어서는 쇼부(승부)가 안 난다, 답이 없다'라는 것이다. 승부를 내야 하는 대상이 세상인지, 돈인지, 자기 자신인지 분명하지 않지만 그들이 기다리는 답은 하나같이 일확천금이다. 도시에서 월급 생활을 한다면 이런 꿈을 별로 꾸지 않겠지만 농촌 경제가 워낙 유동적이고 생산물의 가격 변동을 종잡을 수 없으니 농업 분야에서 새롭게 시도하는 일들은 일단 투기성을 강하게 띠고 실패로 귀결되는 경우가 많지만 큰돈을 손에 쥘 수 있기를 바란다.

한 후배는 고향에서 답을 얻지 못하고 내가 내려온 이듬해 봄에 가산을 정리하여 서울로 떠나 버렸고, 많은 젊은 사람들이 어떤 기회를 막연하게 기다리며 시간을 보내고 있다.

나이 많은 농부들은 동네에서 영향력 있는 사람의 농사를 대개 따라간다. 그 사람이 모를 심으면 온 동네가 모내기로 분주하고 벼를 베

기 시작하면 갑자기 마음이 바빠진다. 몇 사람이 어떤 작물에 농약이나 비료를 하는데 그 대열에서 빠진다면 마음이 조급하고 불안해한다. 우리 동네 사람들은 특히 논두렁을 비닐로 덮어서 모를 심는데 내가 과거에 해오던 방식대로 흙을 밟아 논둑을 다지니까 어떤 할머니가 "특별한 농사를 지을랑갑다"고 하신다.

이쯤 되면 나는 농약을 가능하면 적게 쓰고 제초제는 절대 쓰지 않겠다고 공개적으로 말하는 것도 부담스럽다. 사람들은 이런 말에서도 이질감을 느끼는 모양이다. 나중에 안 일이지만 고랑이 잡초로 가득한 우리 고추밭을 윗동네 사람들이 지나다니면서 보고 뒷말들이 많았다고 한다. 어머니는 옛날부터 길가의 밭은 신경을 더 써야 하는 것이라는 말씀도 하셨다. 이런 분위기에서 남들과 조금은 다른 농사를 짓는다는 것은 제법 외로운 일이다.

사람들은 대체로 외로움을 싫어한다. 그러나 자신이 선택한 삶이 어쩔 수 없이 수반하는 외로움은 오히려 그에게 힘이 될 수 있다. 별다른 농사 경험도 없는 녀석이 오랜 경력으로 숙달된 사람들과는 다른 방식으로 농사를 지으려고 하는 데 대해 비아냥거림과 쑥덕거림과 경원하는 눈빛이 없을 수 없었다. 그러나 남과 같지 못함에서 오는 것이 아닌, 남과 같지 않기로 함으로써 찾아오는 외로움은 묘한 긴장감과 더불어 사람들과는 다른 결과를 만들어 내도록 나를 분발하게 했다.

수익성이 거의 유일한 판단 기준인 사람들에게 새로운 농사의 필요성을 강변하거나 쉽게 이해시킬 수는 없는 일인지라 결국에는 시간

이 해결해 줄 것이다. 그때까지는 외로움을 기꺼이 참고 즐겨야 할 것
같다.

최고의 남편,
최고의 아내

아내는 자신의 의사와 전혀 관계없이 귀향했다. 서울에서 계속 살아간다면 살아도 사는 것이 아니라는 나의 엄포와 절망 때문에 거의 억지로 따라온 셈이다. 아내는 귀향하기 전 몇 해 동안은 서울에서 집안일 외에 자기 일을 따로 갖지 않고 지냈다. 여기에 와서는 논밭일을 대부분 나와 어머니가 하고 아내는 주로 닭을 돌본다. 먹이 주고 달걀 거두어서 닦고, 포장하는 일은 대부분 아내 몫이고 배달은 같이하고 있다. 사료 조달하고 양계 기술을 배워 오고 시설을 만들거나 보수하는 것은 아직 내 몫이다.

나는 아내가 아이들에게 화내는 것은 보았지만 닭에게 화를 내는 것은 보지 못했다. 닭들에게는 그만큼 부드럽고 살뜰하다. 그리고 틈나는 대로 닭장 앞에 있는 비닐하우스에 들어가 잡초를 뽑거나 집에서 쓸 채소를 가꾸기도 한다. 나는 아내가 비로소 주체적이고 독립적

인 인간이 되었다고 생각한다. 즉 나를 통해서 세상과 만나는 것이 아니라 그 자신이 직접 세상과 교섭하고 있는 것이다. 이 부분에 관해서는 아내가 나에게 고마움을 표시해도 될 것 같지만 나는 아내에게서 아직 그런 말을 들어 보지 못했다.

아내는 1년에 한두 번 서울에 다녀올 일이 있으면 약간은 설레는 것 같다. 우리는 서울에서 소위 고급문화를 즐기지도 않았고 더구나 풍족한 소비생활과는 먼 거리에서 살았는데도 그렇다. 우주에는 제 주변에 있는 모든 것을 끌어들여 그 안에 잡아 가둬 버리는 블랙홀이 있다는데, 서울은 꼭 블랙홀 같은 곳이다.

나의 일은 아내와 불가분하게 얽혀 있다. 만약에 아내가 어느 날 일을 하지 않거나 못하게 된다면 내가 맡은 일도 엉망이 되고 말 것이다. 그래서 시골에 내려가면 모든 일은 내가 다 할 테니 걱정 말라는 나의 허무맹랑한 약속을 들이대며 아내가 일을 하지 않겠다고 으름장이라도 놓으면 나는 은근히 겁이 난다. 농사일 중에는 아무리 힘센 사람이라도 혼자서 처리하기 힘든 일이 있는데, 그때 거드는 아내의 작은 손길은 나로 하여금 아내를 구체적으로 소중하고 고마운 존재로 여기도록 한다. 늙은 농부 부부들을 보면 서로가 매력이라고는 전혀 없어 보이는데도 세상에서 최고의 남편, 아내라며 당당하게 서로를 치켜세우는 것을 볼 수 있는데, 그것은 오랫동안 그들이 일 속에서 서로 그렇게 얽혀서 살아왔기 때문일 것이다.

우리 가족의 귀향은 가까운 거리에서 살고 있는 우리 부모님과 처가 부모님들에게 매우 실망스러운 일이었고, 동네 사람들이 수군거리기라도 하면 부끄러움이기도 했을 것이다. 특히 내가 땀과 흙을 뒤집어쓰고 일하는 모습은 어머니께 큰 슬픔이었다. 그러나 환경의 변화에 대한 적응력에 있어 인간을 따라올 동물은 없다. 2년이 지난 지금 우리의 삶은 그분들에게 어느 정도는 자연스런 현실이 되었고, 우리 일을 적극적으로 도와주시기도 한다. 그것은 경제적으로 희망을 찾기가 더욱 힘들어진 농촌이지만 우리가 그동안 열심히 일하는 모습이 조금은 미덥게 느껴졌을 수도 있고, 양쪽 집안의 어른들 모두 건강이 좋지 않은 상황에서 자식들이 가까이 있으니 힘과 위안이 되기도 했을 것이다. 물론 지금도 우리가 다시 도회지로 나가겠다고 말하면 쌍수를 들고 환영하시겠지만 우리의 귀농을 인정하고 받아들이는 듯한 양가 부모님들의 모습은 내가 처음에 예상했던 것보다 훨씬 빨리 찾아왔다.

처음에는 내가 어설픈 녀석이어서 처자식을 이런 시골구석까지 데리고 왔다는 생각을 하시지나 않을까 하는 노파심을 떨쳐 버리지 못했다. 그래서 사람들과의 관계에서 상대방의 선의를 믿고 일을 두루뭉술하게 처리하는 일이 없도록, 또 어느 경우에나 내 것을 먼저 확보한 후에 다른 사람을 배려하는 것이 현명하다는 것을 나도 알고 있는 사람으로 행동해야 했는데 그것은 내 마음에 상당한 부담이 되기도 했다.

아이들은 처음에 생각했던 것과는 달리 별 어려움 없이 시골 생활에 적응하고 있다. 서울이나 이곳에서 우리를 알고 있는 사람들은 우리 아이들이 전보다 더 좋아 보인다고 말해 주기도 한다. 나는 아이들이 저희 할머니를 자주 만날 수 있다는 것이 큰 행운이라고 생각한다. 젊은 부모들은 아이들에 대해 많은 기대와 욕심을 갖고 있기 때문에 칭찬은 인색하고 꾸지람이 앞서기 일쑤다. 그러나 할머니에게는 손자들이 항상 반갑고 어떤 행동이든 예뻐 보이고 또한 더없이 귀한 존재이다. 누군가에게 귀한 존재로 여겨지지 못한 사람이 자기 스스로를 귀하게 여기기는 쉽지 않은 일이다. 그리고 할머니와 손자처럼 서로가 항상 그리운 사람들은 멀리 살면서 그리움을 쌓아 가는 것보다는 가까이 살면서 자주 만나는 것이 좋은 삶에 더 가깝다고 생각한다.

아이들은 처음에 개구리나 벌레 들을 만지지도 못하고 무서워만 했는데 지금은 거리낌 없이 그런 동물들을 손으로 붙잡곤 한다. 무엇이든 무서워해서는 그것과 가까워질 수 없다. 아이들은 그런 동물들을 자주 접하면서 더 잘 이해하고 교감할 수 있게 될 것이다. 나는 우리 아이들이 동물들과 조금씩 가까워지듯이 농사일에 대해서도 두려움이나 싫증을 내기 않기를 바란다. 육체노동은 아이들의 몸과 마음을 균형 있게 성장시킬 뿐 아니라 제 부모와 주변 사람들을 이해하는 데 많은 도움이 될 것이다. 그래서 일의 결과에 신경 쓰지 않고 아이들의 능력을 믿으며 일을 자주 맡겨 보아야 할 것이다.

요즘에는 두 아이 중 누군가는 나중에 커서 땅을 일구며 살았으면 하는 욕심이 슬그머니 내 마음에 자리를 잡는다. 이런 마음을 아내가 알면 또 펄쩍 뛰겠지만.

처가 풍경

    우리 집에서 경작지가 있는 고향 집을 가다 보면 길이 험한 고개를 하나 넘어 중간 지점에 처갓집이 있다. 처가 동네는 모두 여덟 집밖에 되지 않는 작은 마을이고 처갓집은 마을 어귀의 첫 집이다. 선대에 제법 넉넉한 살림살이를 했던 만큼 처갓집은 널찍한 터에 많은 식구들이 살고 있고 모두가 사랑스러운 것들이다. 대문에서 시작하여 왼쪽으로 한 바퀴 빙 돌아가 보자.

    오래된 철 대문을 들어서면 길이 5m 정도의 참다래나무 터널을 통과해야 한다. 부지런하고 손재주가 좋으며 장모님과 똑같이 깔끔한 성격의 장인어른은 마당 한켠의 텃밭에 다래나무를 네댓 그루 심고 쇠파이프로 받침대를 만들어 다래 넝쿨을 그 위에 올려놓았다. 빠르게 자라는 다래 넝쿨은 잎이 무성해진 지금 하늘을 완전히 가려 그 아래 시원한 그늘을 만들어 놓았으며, 그 꽃은 사람들 눈길을 끌지는 못하지만 수수하게 생긴 연노랑의 작은 꽃잎들을 어지럽게 떨어뜨리고 있다. 가을에는 가운데 손가락 한 마디 정도 되는 다래 열매가 많이도 열리는데, 껍질을 까는 수고에 비해 입에 들어오는 것이 너무 적어 장모님은 그것을 조금 따서 술을 담그시는 것 같다. 도시의 어느 가정집에서라면 아마 그 동네에서 가장 멋진 차고가 되었을 것이다.

대문 왼쪽으로는 울타리 삼아 작은 대밭이 있는데 거기에서는 봄마다 죽순이 많이도 올라와 한철의 별미를 제공한다. 대밭 울타리 안쪽으로 대문 밖에 있는 샘에서 흘러나오는 물이 흐르는 작은 도랑이 있는데, 거기에는 멀리 고흥에서 복잡한 연유로 유배당해 온 흰 오리 한 마리가 외롭게 살고 있고, 오리의 거처 앞으로 대문 가까이에는 전에 돼지가 살던 헛간이 한 칸 있는데, 지금은 돼지 대신 덩치가 커다란 누렁이가 주인이 되어 살고 있다.

이 녀석은 셰퍼드 잡종으로 보이는데, 나는 이렇게 과묵하고 점잖은 개를 전에 본 적이 없다. 먹이를 들고 들어가도 이렇다 하게 반가워하지도 않고 꼬리를 세차게 흔드는 일도 없는데, 낯선 사람이 대문을 들어서면 주인에게 손님의 방문을 알리기라도 하듯 몇 번 짖어 대고는 나갈 때까지 조용하다.

동물들이 새끼를 낳아 기를 때는 대개 신경이 날카로워지는데, 누렁이는 제 젖먹이 새끼들을 만져도 별로 경계하지 않는다. 나는 이 녀석이 즐거워하는 것을 한 번도 본 적이 없어 왠지 슬픈 표정을 하고 있다고 생각했는데, 장모님이 서울에서 열흘 후에 돌아오자 귀를 뒤로 바짝 누이고 목에서 바람이 새는 듯한 소리를 내며 꼬리를 흔드는

것을 보고는 가슴이 찡했다.

누렁이 집에서 조금 더 왼쪽으로 가 보면 닭장이 있다. 지난해 봄에 아마도 열 마리 정도의 병아리로 들어온 녀석들이 커 가면서 집에 일이 있을 때마다 시나브로 잡혀 나가고 남은 놈들이다. 거기에는 붉은색이 선명한 벼슬을 가진 수탉이 암탉 두 마리를 거느리고 살고 있다. 닭은 벼슬의 색깔을 보고 건강 여부를 판단할 수 있는데, 이 녀석의 턱 아래로 길게 드리워진 선홍색의 벼슬은 사람 같으면 흰색의 멋진 구레나룻 같은 인상을 주고 부리부리한 눈매에 적갈색의 깃털은 위풍당당 그 자체이다. 불쌍한 암탉 두 마리는 넘치는 힘을 주체하지 못하는 이 수탉에게 너무 시달린 나머지 날갯죽지 쪽 등짝의 깃털이 다 빠져 벌거숭이가 되었다.

닭장 옆으로는 소의 먹이와 두엄을 쟁여 두는 다른 헛간이 하나 있는데, 여기에는 대문간의 누렁이와 정반대의 성격을 가진 개 한 마리가 살고 있다. 이 녀석은 원래 서울의 동생 집에서 애완견으로 있다가 우리가 이사 내려올 때 동생이 조카들을 위해 준 것이다. 이곳에 내려와서 한동안은 우리 집 베란다에서 지내다가 털과 냄새 때문에 처갓집으로 쫓겨 간 신세가 되었다. 몰티즈 품종인 이 녀석은 작은 체구와 깡마른 목소리에 과잉행동장애나 만성조증을 의심해야 할 만큼 소란스럽고 호들갑이 심하다. 한번은 이 녀석이 길을 잘못 든 두꺼비를 한 마리 잡았다. 서울에서는 한 번도 본 적이 없었을 두꺼비를 발로 건드려 보다 두꺼비가 펄쩍 뛰는 바람에 저도 깜짝 놀라 뒤로 두어 걸음을 물러서기도 했다. 점차로 두꺼비에 익숙해진 이 녀석은 발로 툭툭

처 보기도 하고 몇 발짝 달아난 두꺼비를 지그시 물고 와 또다시 장난을 쳤다. 여름철에는 하루에도 몇 번씩 개나 고양이, 염소를 사 가려는 차가 동네를 왔다 가는데, 3천 원에 사 가겠다는 말에 팔리는 신세를 면하기도 했다. 덩치도 작고 시끄러운 이 녀석은 시골의 노인들에게는 성가신 존재이기만 한 것 같다. 나는 처갓집에 갈 때마다 앞다리를 들고 곧추서서 반기는 이 녀석의 가려운 엉덩이를 한참씩 긁어 주어야 한다.

닭장 앞의 공터는 여름철에 소들이 마구간에서 나와 지내는 곳인데, 지금은 이른 봄에 새로 입식한 병아리 일곱 마리가 살고 있다. 지금은 중닭이 되어 사춘기 아이들처럼 변성기를 지나느라 병아리 적의 소프라노를 벗고 쉰 듯한 목소리를 내고 암수의 구분이 벼슬에서부터 조금씩 나타나는 것을 볼 수 있다. 수탉의 벼슬이 조금만 더 커지면 홰치는 연습을 하는데, 대낮인데도 아랑곳하지 않고 다투어 울어 대곤 하지만 다 큰 수탉에 비해 끝이 짧고 소리가 맑지 못하다. 이 녀석들도 덩치가 조금만 더 커지면 정식으로 닭장으로 들어가게 될 것이고, 내년 이맘때면 닭장의 새로운 주인공이 되어 있을 것이다.

두엄을 쌓아 두는 헛간과 직각으로 소마구간이 있다. 이곳에는 소세 마리가 살고 있었는데, 지난달에 식구 하나가 늘었다. 장모님이 서울 가시고 모내기 준비를 한참 하고 있는데, 아내가 다급하게 불러 들어가 보니 제일 큰 어미소가 출산이 임박한 모양이다. 장인어른은 능숙하게 산도에 손을 집어넣고 아직 밖에서 보이지 않는 송아지의 다리를 붙잡아 끌어냈고 나도 그 녀석의 다리 하나를 붙잡고 힘을 썼다. 이렇게 도와주지 않으면 새끼를 낳는 데 시간이 너무 많이 걸린다는 것이다. 약간의 실랑이 끝에 유백색의 발굽 두 개가 보이고, 뒤를 이어 콧잔등이와 까만 눈동자가 점액 속에서 선명하다. 숫놈이다. 소의 발굽은 나중에 소의 신체 부위 중에서 가장 까만색을 띠게 되는데, 땅을 밟기 전의 송아지 발이 이렇게 하얗다는 것도, 송아지가 산도를 지나오면서 눈을 뜨고 나온다는 것도 처음 알았다.

송아지가 태어나자 어미소는 송아지의 물기를 말리기 위해 맹렬하게 핥으면서 연신 작은 소리로 짧게 울어 대는데, 빨리 일어나서 젖을 빨기를 바라는 걱정과 사랑을 너무 분명하게 느낄 수 있다. 바로 어제 서울에서는 아들 손주가 태어나고 다음 날 수송아지가 태어나서 가뜩이나 아들을 선호하는 장인어른을 더욱 기쁘게 했고, 모내기를 도와주러 온 동네 사람들이 처갓집을 한껏 부러워하게 했다. 더구나 출산 예정일을 열흘 정도나 지나 버린 이날은 일요일이어서 우리 집 두 아이들이 뜻하지 않게 소가 새끼 낳는 일을 쭉 지켜볼 수 있었다. 결국 어미소는 새끼 낳는 날을 여러 가지로 깊이 배려하고 절묘하게 선택한 셈이다.

다른 두 녀석은 형제지간인데, 아직 코뚜레를 하지 않았다. 밖으로 나다닐 일이 많았다면 중소는 이미 오래전에 코뚜레를 해야만 했을 것이다. 안경이 사람의 인상을 많이 좌우하듯이 소의 인상은 뿔의 생김새와 코뚜레의 모양이 결정한다. 송아지가 어미젖을 떼고 엉덩이에 뿔이 돋기 시작하면 코뚜레를 하게 되는데, 대개 전봇대나 큰 나무의 줄기에 고삐로 소의 목을 단단하게 묶고 큼직한 나무 송곳으로 콧구

멍 중간 벽의 연골이 없는 부분(사람에게도 똑같은 부위가 있고 여기를
쥐면 매우 아프다)을 뚫고는 소독용으로 오줌을 싸 주고 나서 코뚜레
를 채우게 된다.

코뚜레는 대개 굵기가 일정한 노간주나무를 베어 껍질을 벗기고
불에 구워 둥그렇게 말아 끝을 노끈으로 묶어 처마 밑에 오래 걸어
두었던 것을 쓴다. 거기서 솜씨 좋은 주인을 만난 소는 동그라미가 반
듯하게 폼이 나는 코뚜레를 얻어 차기도 하고 또 어떤 소는 코뚜레에
서 고삐로 연결되는 정수리에 빨간색 리본을 달기도 하고 더러는 목
아래쪽에 보통 하나씩 달고 있는 작은 놋쇠 종을 두 개씩 다는 호사
를 누리기도 한다.

그러나 지금은 코뚜레도 굵은 철사에 PVC 파이프를 입힌 공산품
으로 대체되어 소들도 개성을 많이 잃었다. 그러나 소가 겪고 있는 가
장 큰 불행은 시골에 소 뜯길 아이들이 없어지고 소 쟁기질 하는 사
람이 점차 줄어들면서 1년 내내 우리 속에 갇혀 지낸다는 것이다. 봄
에 이슬 묻은 생풀을 뜯지도 못하고 메마른 볏짚만 씹으며 활동할 일
이 전혀 없는 소들은 아마도 상상하기 어려운 스트레스 속에서 살아
가고 있을 것이다.

뒤란으로 돌아가 보면 장작이 긴 처마를 따라 빼곡히 쌓여 있고
갓방에 군불을 때는 아궁이 위에 커다란 가마솥이 걸려 있다. 며칠
전에도 장모님은 이 솥에서 살이 통통한 죽순을 끊어 한 솥 가득 삶
아 냈다. 뒷마당에는 단감나무가 서너 그루, 작지만 단맛이 그만인 배
나무가 한 그루 있고, 본채가 만들어 내는 그늘 때문에 느릿느릿 빨개

지는 딸기가 제멋대로 자라고 있어 장모님이 가마솥에 볼 일이 있거나 마늘 등을 가지러 다니면서 잠시 쭈그려 앉아 몇 개씩 따서 드시곤 한다.

본채 오른편으로는 크기순으로 독과 옹기 들이 넉 줄로 가지런히 줄을 지어 있고 주변에는 국화가 제멋대로 자라나 소담한 꽃을 피울 가을을 기다리고 있다. 장독대를 둘러싼 담장 가에는 이곳 말로 젬피 나무가 두 그루 있다. 서울에서 추어탕을 먹을 때 향신료로 따라 나오는 산초라고 불리는 것이다. 이것에 익숙지 않은 서울 사람들은 세숫비누 냄새가 난다고 싫어하기도 하는데, 특히 전라남도 동부 지방에서 이 향신료를 음식에 많이 이용한다. 추어탕이나 오리탕, 보신탕에는 물론 복더위에 이 지방에서 보양식으로 많이 먹는 바다장어탕에도 이것이 없으면 서운하고, 봄부터 가을까지 담그는 배추김치는 절구통에 갖은 양념과 젓갈과 더불어 젬피의 잎과 열매를 함께 갈아서 담그기도 한다. 젬피를 듬뿍 넣어 혀끝이 얼얼한 장어탕과 숨이 아직 덜 죽은 김치는 이 지방 출신 사람들에게는 고향 맛을 대표하는 것이다.

장독대 옆으로는 윗집과 울타리로 경계를 이루고 울타리 앞쪽으로 폭 2m에 길이 5m 정도의 작은 화단이 있다. 화단에는 국화가 새싹을 내어 자라고 있고 철쭉이 서너 그루 있는데 아직까지 시든 꽃잎을 달고 있다. 또 오래되어서 중간이 아치를 이루고 있는 늙은 장미나무가 두 그루 있고 그 장미나무를 몇 그루의 젊은 더덕 넝쿨이 감아 올라가고 있다. 서울에서는 한 번도 본 적이 없는 작고 예쁜 미니 카

네이선 모양의 자주색 꽃이 있어 장모님께 무슨 꽃이냐고 여쭤 보니 "꽃"이라고 대답하여 꽃의 이름이 뭐냐고 다시 여쭈니 "응, 그냥 꽃"이라고 싱겁게 대답하신다.

화단 옆으로는 윗집과의 울타리를 끼고 텃밭이 있다. 텃밭의 마당 쪽 울타리는 굵기가 일정한 대나무를 같은 길이로 베어 양쪽 끝부분을 철사로 엮은 다음 앞뒤로 긴 장대를 맞대고 묶어서 세웠는데, 오래되어서 회색으로 변했고 이끼가 낀 것도 있다. 텃밭의 출입문은 대나무로 살을 대고 테두리를 나무로 한 것인데, 역시 울타리만큼 오래되어 평행사변형이 된 채 항상 빼꼼히 열려 있다. 텃밭은 모두 작약이 차지하고 있는데 지난달에 일제히 자주색 풍성한 꽃을 피웠고, 울타리에 기대고 있는 수국도 비슷한 때에 탐스러운 꽃을 주렁주렁 매달았다. 지금은 온 밭을 뒤덮던 작약도 시들어 추레한 꽃잎만 달려 있고 수국은 꽃잎이 다 떨어져 갈색으로 변한 꽃대만 남았다. 또 울타리에는 다람쥐 채 두 개가 마당 쪽에서 기대고 있다. 다람쥐 잡기에 특기가 있으신 장인어른은 아주 가늘고 부드러운 대나무 끝에 낚싯줄로 올무를 만들어 다람쥐를 잡곤 했는데, 전에는 텃밭 울타리 앞에 운 나쁜 다람쥐가 쉼 없이 쳇바퀴를 돌기도 했는데, 그 쳇바퀴는 지금 빈 채로 헛간에 놓여 있다.

처마 밑에도 두 가족이 살고 있다. 한 가족은 제비 부부이다. 부엌 쪽 처마 밑에 둥지를 지은 이 부부는 몇 년째 이 집을 다시 찾는지 모르겠지만 아직 알이 부화되지는 않은 모양이다. 제비 부부는 밖에서 집 안으로 들어오는 처마 밑 전깃줄에 앉아 밤을 새는데 아침이면 그

아래 토방이 제비 똥으로 하얗다. 알이 부화되면 서너 마리의 제비 새끼들이 제 어미가 먹이를 물고 올 때마다 노란 주둥이를 잔뜩 벌리고 먹이를 차지하기 위해 시끄러울 것이다. 비라도 올 것 같으면 지면에서 한 뼘 정도의 높이를 유지한 채 도로 위를 빠른 속도로 날거나 건물 사이를 곡예하듯 비행하는 모습은 감탄을 자아낸다. 우리 어렸을 적에는 아침에 제비가 전깃줄에 새까맣게 앉아 있어 친구가 눈 늠으로 던진 돌에도 맞아 떨어질 정도였다. 그러나 지금 농촌을 찾아오는 제비들은 그때에 비해 1/10도 채 되지 않는다. 벼가 조금 더 커져 농약을 치면 그 논 위에 수많은 제비들이 날아다녔는데, 농약을 치면 벌레들이 튀고 제비들이 그것을 노려서 몰려온 것이라는 것을 나중에 알았다. 곧 태어날 제비 새끼들도 상당량의 농약 성분을 제 부모에게서 물려받게 될 것이다. 제비와 비슷하게 생겼지만 배의 깃털이 주황색인 맹매기[귀제비]라는 녀석은 처마의 면이 맞닿아 각을 이루는 곳에 굴처럼 집을 짓고 사는데 이 녀석은 요즘 거의 찾아볼 수 없다.

본채의 처마 아래 사는 또 다른 가족은 토종꿀벌이다. 이 집에서 가장 대식구다. 지난가을엔가 한 무리의 벌 떼가 날아와 장인어른이 급하게 토방에 거처를 마련해 주었다. 지금 한창 꿀을 모으느라 부산하다. 몇 년 전에도 토종벌이 두 가족이나 이렇게 뜬금없이 찾아와 한두 해 살다가 왔던 식대로 어느 날 갑자기 떠나 버린 적이 있었다. 꿀을 너무 많이 채취한 것일까. 양봉업자들은 가을에 꿀을 따내고 겨울 양식으로 설탕을 준다고 하는데 벌에 대한 경험이 없으신 장인어른이 그러한 관리를 제대로 못해 준 탓이었을까. 그때 우리는 부자간에도 믿을 수 없다는 진품 토종꿀을 한 되씩 두어 번 얻어먹었다. 올가을에는 한 통에서 채취하게 될 꿀을 어떻게 처분하실까. 멀리 서울 사는 친손주한테 주실지, 가까이 살고 있는 외손주들 먹으라고 주실지, 아니면 새로 태어난 작은아들네 손주 남매 차지가 될지, 아니면 장모님이 올봄에 소화기 쪽의 병으로 고생하신 장인어른께 커피 대신 집에 두고 타 드릴지 당신들은 고민하셔야 할 것 같고 나는 결과가 궁금해진다.

마지막으로 앞마당을 빠뜨리면 안 될 것 같다. 앞마당에는 1/3 정도를 금잔디가 차지하고 있고 나머지는 콘크리트로 포장을 해 두었다. 금잔디는 흔히 볼 수 없는 귀한 것일 뿐 아니라 풀잎이 유난히 부드러워 아이들이 그 위에서 맨발로 뛰어 놀기를 좋아하고 산뜻한 연녹색은 한여름 무더위에 바라보는 것만으로도 시원한 느낌을 주기에 충분하다. 마당의 나머지 부분은 맨땅으로 남겨 놓았다면 좋았을 테지만 그것은 내 욕심이다. 시골의 마당은 경운기가 자주 드나들어야 하고 가을에는 콩도 말려서 타작을 해야 하고 여름에 고추도 말려야 하는 등 이용해야 할 일이 많은데 이렇게 콘크리트로 포장해 두면 작업하기가 편리하다. 비가 오면 질척거리지 않은 것도 깔끔한 것을 좋아하는 처가 어른들 취향에 딱 맞았을 것이다.

마당 끝에는 동백 한 그루가 회색빛 콘크리트의 건조함을 달래며 서 있다. 대문 오른쪽으로 짧은 돌담은 무성한 등나무 잎으로 가려졌고, 그 아래 대문으로 들어서는 길 밑으로는 전에 온 동네 사람들의 식수원이 되었을 샘물이 있는데, 지금은 가뭄 때문에 사람들이 농사에 쓸 지하수를 계속 퍼 올리는 바람에 백태가 낀 채로 말라붙었지만 아내가 어렸을 적에는 날마다 그 시원한 물을 바가지로 퍼서 손발을 씻었을 것이다.

처갓집은 어느 구석을 둘러보아도 인공과 자연이 멋진 조화를 이루고 있다. 관념 속에서는 고향 같지만 실제로 들과 산에 나가 보면 약간의 생경함을 느끼게 되는 야생의 자연도 아니고 그렇다고 손과 연장으로 애써 갈고 닦고 매만진 흔적도 별로 없다. 오래전에 손이 간 것 같지만 애초부터 그 자리에 그 모습으로 있었던 것처럼. 그렇다고 편리함도 배제하지 않아 살아 보면 편안함과 시골의 정취를 맘껏 누릴 수 있을 것 같은 집. 나는 이 집의 구석구석을 좋아하고 그 멋진 조화를 즐길 수 있지만 내가 집을 짓고 살게 됐을 때 이런 멋을 만들어 낼 수 있을까. 새로운 세대의 누군가가 이 집에서 살게 될 때 눈에 쉽게 띄지 않는 이 집 울타리 안의 아름다움은 얼마나 오래 유지될 수 있을까. 연륜이 쌓이면 이러한 아름다움을 만들어 낼 수 있는 감각을 우리도 지닐 수 있게 될까.

6.

에돌아가는
길에서

오직 한 번,
논에서 함께 김매기를 할 때
"나는 니가 그 대학에 들어갔을 때
하늘에 별이라도 따 올 줄 알았다"라고
하신 적이 있었다.
나는 아무 말도 할 수 없었다.
그러나 그 말이 내가 출세를 해서
어머니의 위신을 높여 주지
못한 것에 대한 아쉬움이 아니라
신앙 같은 아들이 땀과 흙탕물 범벅이 되어
안 해도 되는 고생을 하고 있는 것에 대한
깊은 연민과 회한이라는 것을
나는 안다.

어머니,
나의 어머니

어머니는 열여섯 꽃다운 나이에 열 살이 나 많은 아버지와 결혼하셨다. 우리나라가 해방되기 직전인 1945년 2월이라던가. 아버지는 일본의 홋카이도에 있는 탄광에서 노무자로 2년 정도 일하다 귀국한 직후라고 했다. 그때는 일제가 일으킨 태평양 전쟁의 끝 무렵이었고 외갓집에서는 딸을 일본군 위안부로 빼앗기지 않기 위해서 거의 빈털터리인 아버지와 서둘러 혼인을 시켰다고 한다.

두 분은 결혼 후 외갓집에서 3년 정도를 사시다 여순사건이 터지면서 경찰이 주재하는 지서에서 가까운 마을의 어느 집 뒷방으로 소개되었다. 그 와중에 남매가 태어났지만 첫돌도 채우지 못하고 차례로 죽었고, 정부 수립 후 실시된 농지개혁으로 약간의 논을 분배 받아지금의 고향 마을에 정착하게 되었다. 한국전쟁이 터지면서 동네 끝부분에 있는 어느 집의 뒷방으로 옮겨 와 사시다가 우리 다섯 남매가 태어나고 자란 이 집을 지어서 지금껏 살아오신 것이다.

내가 귀농하면서 그동안 남에게 내주었던 농사를 되찾고, 거기에 남의 농사까지 몇 마지기 더 부쳐서 짓게 되자 나이 칠순을 훌쩍 넘긴 어머니는 다시 바빠지기 시작했다. 내가 논밭에서 일을 할 때면 어머니는 언제나 새참을 챙겨오셨다. 그때 소주나 맥주 한 병, 빵 두어 개에 우유가 들어 있는 검정색 비닐봉지는 허리가 굽어 걷는 것도 쉽지 않은 어머니의 뒤춤에서 그네를 타듯 좌우로 심하게 흔들렸다. 밭두렁에 앉아 새참을 함께 먹을 때면 어머니는 언제나 고수레를 잊지 않으셨다.

감자, 고추, 무, 배추밭에 김매는 일은 어머니의 독차지가 되었고, 벼논에 김매는 일까지 도와주셨다. 밭매는 일이야 여자들에게 특화된 일이라 하더라도 논매는 일까지 나는 늙으신 어머니의 속도를 따라가지 못했다. 어머니는 그만큼 내 일을 돕기 위해 온 힘을 쏟으셨다.

나는 농사를 시작할 때부터 제초제를 전혀 쓰지 않았고 또 비닐 멀칭도 하지 않았기 때문에 제초 작업은 여간 어려운 일이 아니었지만 어머니는 조금이라도 더 돕지 못한 것을 항상 미안하고 안타깝게 생각하셨다. 그러는 어머니를 보고 동네 사람들은 알게 모르게 말들이 많았을 것이다. 멀쩡한 직장 그만두고 농사짓겠다고 내려온 아들 때문에 도신댁이 말년에 안 해도 되는 고생을 한다고. 또 아들이 정신이 어떻게 된 거 아니냐고.

내가 내려와서 어머니가 병원에 들어가시기까지 함께 지내는 동안 당신은 장남의 귀농과 관련해서 신세를 한탄하거나, 고생에 대해 푸

넘을 늘어놓거나 동네 사람들 부끄럽다는 투의 말씀을 한 마디도 하지 않으셨다. 오히려 농기구를 쓰고는 아무데나 버려두는 나를 보시고 "일을 그렇게 배우면 안 된다"고 충고도 해주셨다. 또 첫해에 감자를 팔고 와서 보여 드린 몇십만 원의 돈을 보고 아주 대견해하실 만큼 내가 충실한 농사꾼으로 정착할 수 있기를 간절히 바라셨다.

오직 한 번, 논에서 함께 김매기를 할 때 "나는 니가 그 대학에 들어갔을 때 하늘에 별이라도 따 올 줄 알았다"고 한 적이 있었다. 나는 아무 말도 할 수 없었다. 그러나 그 말이 내가 출세를 해서 당신들의 위신을 높여 주지 못한 것에 대한 아쉬움이 아니라 신앙 같은 아들이 땀과 흙탕물 범벅이 되어 안 해도 되는 고생을 하고 있는 것에 대한 깊은 연민과 회한이라는 것을 나는 안다.

내가 교사가 된 얼마 후 전교조가 창립되던 당시의 일이다. 교사들의 집회와 대량 해직으로 시끄럽던 어느 날 고향 집에 들러 어머니께 용돈을 드리는데 도대체 받질 않으셨다. 이유를 물으니 이게 마지막 주는 용돈이 아니냐는 것이었다. 그동안 어머니가 그 사태에 관해 한 번도 말 한 적이 없었기 때문에 참 뜻밖이었다. 나는 해직되지 않을 거라는 말에 돈을 받으셨지만 어머니는 당시의 상황을 다 아시면서도 일언반구 없이 내가 내리는 결정을 온전히 받아들이고 견뎌 낼 작정이셨던 것이다.

나의 귀농에 대해서도 마찬가지였다. 학교를 퇴직하기 전 추석에 집에 내려와 이듬해부터 농사를 짓겠다고 말씀 드리니 어머니는 깊은 한숨 뒤에 "니가 기어코 그렇게 하는구나" 하실 뿐 전혀 만류하지 않으셨다. 그해 말에 학교를 그만두고 혼자서 밤늦은 시간에 집에 도착했을 때 어머니는 따뜻한 방에 이부자리와 잠옷을 준비해 두고 나를 기다리셨다.

그날 밤 방문을 열면서 "어서 오거라"라고 하신 한마디 속에 깊이 잠긴 슬픔을 나는 잊을 수 없다. 그러나 그때는 그것이 그렇게 큰 슬픔인 줄 몰랐다. 최근에 동생이 귀농하겠다고 직장을 그만둘 때 나는 그 앞에 예비된 마음고생과 힘든 일들, 경제적인 어려움을 생각하며 마음이 수월찮이 짠했고, 그제야 그날 밤 어머니의 슬픔도 웬만큼 알 것 같았다. 사람들은 작은아들까지 귀농해서 저러고 있는 모습을 알지 못하게 해준 어머니의 병이 오히려 다행이라고 말하기도 한다.

어머니는 자식들에게는 물론 당신이 접하는 모든 사람들을 최고의 정성으로 대하셨다. 쪼들리는 살림에도 말 못하는 늙은 거지가 남루한 차림으로 찾아오면 주로 당신 몫에서 밥을 덜어 선뜻 밥 한 그릇을 만들어 주셨고, 날이 저물어 집에 찾아온 봇짐장수에게도 잠자리를 내주셨다.

나는 평생 어머니가 욕지거리를 섞어 가며 다른 사람과 큰 소리로 싸우는 모습을 보지 못했다. 그러나 10년 차이가 나는 아버지와의 관계는 썩 좋지 않아서 가끔 말다툼을 할 때마다 어머니가 집을 나가 버리지나 않을까 하는 걱정으로 어린 내 가슴은 매우 불안했다. 그것은 아버지가 부지런한 농부였을 뿐 다정다감하지도 않았고, 어리숙한 판단력으로 가정을 잘 이끌지 못한 것도 하나의 이유였다. 게다가 두 분 사이에서 처음 태어난 남매가 어려서 차례로 죽고 연이어 딸 셋

이 태어나자 아들을 몹시 기다리던 아버지는 막내 누님이 태어났을 때 아이와 산모 둘 다 묻어 버리라고 했고, 그 한 마디는 어머니 가슴에 커다란 대못으로 박혔다.

그런저런 이유로 어머니는 아버지에 대한 애정이 거의 없었던 것 같고, 정신이 온전하던 때에 당신이 죽으면 아버지 묘에 합장하는 일은 절대 없도록 하라는 말을 유언처럼 남겼다. 그럼에도 어머니는 아버지가 돌아가시기 전 2년간 병고에 시달릴 때 지극정성으로 보살펴 드렸다. 긴 병수발에 흔히 들을 수 있는 푸념이나 넋두리 같은 것은 어머니에게서 들을 수 없었다.

우리 다섯 남매들 중에서는 내가 어머니의 사랑을 가장 많이 받았다. 그것은 내가 학교생활이나 집안일을 돕는 데 당신들 마음에 더 들었기 때문이기도 하지만 그것보다는 부모님이 오랜 기다림 끝에 느지막이 얻은 첫아들이라는 것이 더 큰 이유였을 것이다. 이것은 내가 다른 형제들에게 얼마간 빚을 지고 있다는 느낌을 갖게 한다.

나는 어려서 동네의 부잣집 아이들이나 먹는 영양제를 몇 병 먹을 수 있었고, 책보자기 대신 가방을 메고 학교에 갈 수 있었다. 내 생일 날 어머니는 새벽에 일어나 생일상을 준비하면서 나를 점지해 준 삼신할미 상을 윗목에 따로 차리고 그 앞에서 정성을 다해 빌었는데, 나는 그 뒷모습을 항상 이불 속에서 지켜보았다. 이른 아침에 오줌이 마려워 마당으로 나오면 장독대 위에 맑은 물이 담긴 하얀 대접이 놓여 있을 때도 있었다. 어머니는 새벽 서늘한 기운 속에서 자식들을 위해 천지신명께 치성을 드렸을 것이다. 또 집에서 닭을 잡을 때면 내 그

릇에는 모가지와 벼슬이 온전히 붙은 닭대가리가 어김없이 들어 있었다. 그러나 아들의 출세를 바라는 어머니의 염원은 속절없이 닭 벼슬 대신 모가지만 효험을 보여, 나는 노래방 가는 것을 꽤 좋아하고 또 노래를 잘 부른다는 이야기도 곧잘 듣는다.

초등학교 4학년 때인가. 내가 학교 시험에서 1등 했다는 것을 아신 어머니는 벌교장에 나를 데리고 가셨다. 어머니는 외출하실 때면 항상 머리를 감으셨는데, 감은 머리를 참빗으로 빗어 내린 후 정성스럽게 쪽을 져 비녀를 찌른 다음 동백기름을 바른 손으로 머리를 연신 쓰다듬었다. 그런 다음 길을 나서면 모난 곳 없이 둥그런 어머니 머리는 햇빛을 받아 곱게 반짝거렸다. 두어 차례 동네에 머리를 자르고 파마머리를 하는 바람이 불었지만 어머니는 마지막까지 쪽진 머리를 지키다 머리숱이 줄고 하얘진 늘그막이 되어서야 머리를 자르셨다.

벌교에서 어머니는 나를 중국음식점으로 데리고 가서 짜장면을 한 그릇 시켜 주셨다. 처음 먹어 보는 짜장면이었다. 세상에 이렇게 맛있는 음식이 있었다니! 그런데 나이 마흔을 넘긴 어느 날 문득 그 일을 떠올리면서 그때 어머니는 짜장면을 한 그릇만 시켰고 당신께는 먹어 보라는 말 한 마디 없이 맛있게 먹어 치우는 나를 물끄러미 바라보고 계셨다는 것을 알아차렸다. 나는 그 순간 부끄러움에 얼굴이 화끈 달아오르고 쥐구멍이라도 찾고 싶었다. 왜 그런 생각은 이처럼 뒤늦게 찾아오는 것일까.

아버지 장례를 치르던 날, 아버지를 땅에 묻고 집으로 돌아오는 길에 대문을 들어서면서 갑자기 이런 생각이 들었다. 이제 어머니마저 돌아가신다면 이 집은 나에게 무엇일까. 내가 태어나고 자란 이 집은 어머니가 안 계실 때에도 내 마음속에서 여전히 우리 집으로 남아 있을까. 그날 대문은 이상하게 낯설었다.

길쌈

길쌈의 재료인 삼은 지금은 마약의 원료로서 아무나 다룰 수 없는 물건이다. 하지만 어렸을 적에는 길쌈하는 집이라면 누구나 밭에 삼을 얼마간 재배했고 부족한 것은 주로 보성 복내장에 가서 사왔다. 삼을 수확할 때는 어른 키보다 더 큰 삼을 낫으로 베어 대막대기로 삼 끝부분에 있는 잔가지와 잎을 모두 훑어내고 다발로 묶는다. 다음에는 그것을 삶아야 하는데 혼자 할 수 있는 일이 아니어서 온 동네 사람이 나서야 한다.

동네에서 모인 삼은 양도 많고 키가 커서 그것을 삶기 위해서는 커다란 솥과 아궁이가 필요했다. 그래서 동네마다 약간 경사진 언덕에 돌과 흙으로 직사각형 모양의 커다란 방을 만들고 그 넓이만 한 크기의 솥을 걸 수 있게 지어 놓은 가마가 있었다. 우리 동네는 윗동네로 올라가다 길이 나눠지는 삼거리에 가마가 있었고 마을 사람들은 그

247

곳을 삼굿거리라 불렀다.

삼 굽는 날은 가마에 솥을 걸고 동네에서 모인 삼 다발을 가지런히 쌓고 그 위에 김이 빠져나가지 못하도록 흙을 덮은 다음 낮부터 불을 지피면 어두워서야 삼을 꺼냈다. 사람들이 자기네 삼 다발을 찾아 아직 김이 나는 삼 껍질을 서둘러 벗겨 내면 아이들은 하얗게 껍질이 벗겨진 삼대를 가지고 달빛 아래서 신명나게 칼싸움 놀이를 했다. 어머니들은 다음 날 벗긴 삼 껍질을 빨랫줄에 널어 말렸다. 좋은 볕에 잘 말려야 질긴 삼이 되는데, 삼을 구운 다음 날 볕이 잘 나지 않으면 삼이 상해서 나중에 째거나 삼는 작업을 할 때 중간에 끊어지는 일이 많게 된다.

길쌈의 원재료인 삼 껍질이 삼베가 되기까지 실로 수많은 공정을 거쳐야 하는데 그중에서 품앗이를 할 수 있는 것은 삼 째기와 삼기, 잣기와 매기 등의 작업을 할 때이다. 째기는 폭이 1~2cm에 어른 키 정도 되는 삼 껍질을 대개 1mm 폭으로 가늘게 찢는 일이다. 두세 시간 동안 도랑물에 담가 잘 불린 삼의 밑동 부분을 가지런히 맞춰 왼손에 쥐고 한 올씩 골라 오른손 엄지손톱으로 가늘게 찢은 다음 손가락을 그 틈에 넣고 끝까지 훑어 내려야 한다. 이럴 때 어머니들의 손톱 밑은 항상 까맸고, 끊임없는 마찰로 손가락은 온전하지 않았다.

삼기는 쩬 삼 올의 끝과 끝을 연결하여 긴 실을 만드는 작업이다. 째 놓은 삼 뭉치를 물에 불렸다가 한 올의 끝을 이로 물어뜯어 두 갈래로 내고 부드럽게 만든 다음 다른 올의 끝을 앞 올의 갈래 사이에 넣고 비벼야 한다. 이때 어머니들은 약간 비스듬하게 꿇어앉은 자세로 오른쪽 다리의 허벅지까지 바지를 걷어 올려 드러난 맨살에 삼 올의 연결 부위를 얹고 손바닥으로 문질러 비볐던 것이다. 이 작업을 할 때 어머니들의 무릎은 항상 갈색으로 부르터 있었던 기억이 난다.

삼 잣기는 길게 연결된 삼실을 날실과 씨실로 만들기 위한 기초 작업으로 물레를 돌려 실 꾸러미를 만드는 작업이다. 물레는 지름이 대략 50cm쯤 되는 나무 살로 바퀴를 만들고 그 둘레에 밀랍을 먹여 질기게 만든 무명실을 벨트 삼아 가느다란 쇠꼬챙이 모양의 피동축을 회전시켜 실을 감는 도구이다. 물레를 돌려 만들어진 실 꾸러미는 다시 둘레가 6m쯤 되는 커다란 실타래가 된다. 실것이라 불리는 이 실타래를 어머니들은 양잿물을 풀어 끓인 물에 넣어 삼 껍질의 녹갈색 표피를 녹여내고 하얗게 표백했다. 이 실것을 잘 말린 다음 다시 긴 실로 풀어 내려 삼베의 씨실과 날실을 만든다. 날실은 삼베의 긴 세로 올이다. 이것을 만들기 위해서는 삼베의 길이를 예상해서 마당에 말뚝을 박고 삼베의 폭에 필요한 숫자대로 실을 배열해야 한다. 이 작업을 어머니들은 '베를 난다'고 했다.

그 다음 공정은 베를 매는 일이다. 햇볕이 좋은 날을 잡아 하루 전에 염료인 치자 열매를 물에 풀어 노란 물을 받아 두고 당일 밀가루와 보리쌀 등으로 죽을 쑤어 치자물에 개어 둔다. 그리고 마당 한켠에 재와 왕겨를 태워 연기와 불꽃도 없이 하루 종일 은근히 탈 수 있도록 밑불을 준비한다. 그 위에 날실을 펼쳐 준비한 죽을 손에 쥐고 실에 문지른 다음 솔로 빗기면서 불에 말리고 도투마리에 감는다. 그러면 빳빳하면서도 질기고 산뜻한 노란색 날실이 완성되는 것이다.

씨실은 세로 올을 얽어매서 천이 되게 하는 가로 올이다. 이것은 실겻에서 내린 긴 실을 20cm쯤 되는 대막대기에 손으로 직접 감아서 만든 실 꾸러미인데 베를 짤 때 가운데 들어간 대막대기를 빼내고 써야 하기 때문에 헝클어지거나 부서지지 않게 지그재그로 단단하게 감아야 한다. 어머니가 베를 짜기 전에는 이 실 꾸러미들이 커다란 대바구니에 항상 가득 담겨 있었다.

이제는 긴 공정의 마지막으로 베를 짤 차례이다. 이 일은 온몸이 동원되어야 하는 작업이다. 삼베의 짜인 부분을 긴 대막대기에 감아 배에 대고 허리춤에 띠를 둘러 아랫배에 고정시킨 다음 오른발 발꿈치에 줄을 매달아 날실을 위아래로 교차시킨다. 오른발을 당기고 펼 때마다 날실의 위치가 바뀌고 그렇게 날실이 벌어진 사이로 씨실이 담긴 북을 통과시킨 다음 다른 손으로 묵직한 보디집을 당겨 씨실을 앞의 씨실에 밀착시킨다. 그러면 보디와 보디집이 부대끼면서 딸깍거리는 소리가 난다. 이때 사지 중에서 마지막 남아 있는 왼발은 몸을 지탱하고 균형을 잡는 일을 한다.

베틀이 한번 놓이면 넉넉지 못한 잠자리를 차지하게 되고 들일도 쌓이기 때문에 가능하면 빨리 끝내야 했을 것이다. 그래서 베 짜기는 농촌 부녀자들이 하는 일 중에서 가장 힘든 일이었겠지만 또한 그간의 긴 공정의 결실을 보는 가장 뿌듯한 일이기도 했을 것이다. 삼베는 폭 50cm 정도에 두 자짜리 자로 스무 자를 잘라 한 필을 끊고, 베틀을 한번 설치하면 예닐곱 필을 짜 냈다. 그때에는 집안에 시렁이나 안방 천장을 가로질러 쳐 놓은 빨랫줄에 누런 삼베가 치렁치렁 걸렸고

치자 냄새인지 삼 냄새인지 분간키 어려운 독특한 냄새가 좁은 방 안에 가득했다.

베 짜기는 모내기 직전처럼 농번기 사이에 일이 비교적 적은 시기를 택해 1년에 서너 차례 이루어졌다. 학교에서 돌아오는 오후에 집 근처에서 들리는 딸깍거리는 소리는 어느 집에서 나는 것인지 참 짐작하기 어려웠고, 감나무에 새잎이 돋기 시작하는 봄날 대략 1초 남짓한 간격으로 단조롭게 울리는 그 소리는 나른한 봄날 오후를 무릎이 꺾일 만큼 더 나른하게 만들었다. 햇살이 훤한 낮에 어머니가 집에 계시는 것은 매우 드문 일이어서 학교에서 돌아와 베를 짜는 어머니를 보는 것은 좀 어색했고 어머니 또한 베틀에 앉은 채로 아들을 맞이하는 것을 미안해하는 것 같았다. 하굣길에 친구들과 군것질이라도 하고 오는 날이면 더 머쓱했다.

길쌈하신 분들이 대부분 그랬겠지만 어머니는 철이 들기 전부터 익혔던 길쌈 일을 예순을 넘어서까지 계속하셨다. 돈이 참으로 귀하던 시절에 우리가 학교 다니느라 쓰던 돈이나 살림살이에 썼던 돈은 대부분 어머니의 길쌈에서 나왔을 것이다. 길쌈 솜씨가 좋은 어머니의 삼베는 올이 고르고 또록또록해서 지금이라도 어머니의 작품을 골라낼 수 있을 것 같다. 어머니는 당신의 마지막 작품 중에서 두 필을 큰며느리인 아내에게 선물로 주셨다. 어머니가 길쌈을 그만두신 후 나는 그 일에 쓰였던 도구 일체를 수습해서 보존해야겠다고 생각했지만 고향에 내려온 지 10년 만에 어머니 집에서 홍두깨와 북, 그리고 두자짜리 자만 찾아와 집에 보관하고 있다. 머리카락 같은 소나무

잔뿌리를 모아 칡넝쿨 굵기의 소나무 뿌리로 손잡이 부분을 동여매서 만든 솔은 베매기 할 때 날실을 빗겨 주는 것으로, 모양도 예쁘고 공예적 가치도 높아 내가 가장 찾고 싶었는데 없어졌다.

어머니의 손에 닳아 반짝거리던 보디집은 또 어디로 갔을까. 가까이 살면서도 건강이 좋지 못한 어머니를 제대로 보살피지 못했는데, 어머니와 평생을 함께했던 길쌈 도구들을 온전하게 챙겼다면 오히려 이상한 일이 아닌가. 나는 거실 창틀에 올려놓은 북을 볼 때마다 어머니께 소홀했던 것을 자책한다.

서당골

              삼굿거리에서 오른쪽으로 길을 잡아 올라가면 서당골이 나온다. 서당골은 마을 사람들의 소 방목장이었다. 이 골짜기는 입구에서부터 논밭이 있는 좁은 계곡을 5백 미터 정도 지나면 2백 년은 족히 됐을 법한 커다란 당산나무가 두 그루 있고, 그곳에서 부채꼴 모양으로 넓어져 꽤 넓은 평지로 이어지다가 다시 네 개의 작은 골짜기가 병풍처럼 둘러쳐져 있는 독특한 모양을 하고 있다. 번정골이라 불리던 맨 왼쪽 골짜기는 딱주[잔대]와 더덕, 도라지, 머루, 개금[개암] 등 먹을거리가 참 많았다. 그 옆에 있는 바른골과 까마귀골은 아래쪽은 잡초가 우거진 평지이고 위쪽은 소나무가 많아 동네 머슴들이 땔감을 구하거나 무논에 넣을 생풀을 뜨는 곳이었다. 마지막은 느린골이라 불렀는데 동네 뒷산인 쇠산과 연결되어 있다.

           나는 이 작은 골짜기에서 유소년기 낮 시간의 절반을 보냈다. 학교에 갔다 와서는 이웃에 사는 남녀 또래들과 소를 몰고 와서 당산 위쪽에 풀어놓고 해가 저물면 산에 올라가 풀을 배불리 뜯어 먹은 소를 찾아 끌고 집으로 돌아가는 것이 날마다 반복되는 일과였다. 소들이 산을 헤매며 풀을 뜯는 동안 아이들은 커다란 당산나무 그늘 아래서 마음껏 뛰어놀았다. 비석치기, 공기놀이, 자치기, 구슬치기, 사금파리로 땅따먹기, 오징어, 고무줄놀이, 말뚝박기 등은 물론이고 도랑에 들어가 가재를 잡거나 개울물을 막아 벼를 심어 보기도 하고 당산나무를 수없이 오르내렸다.

놀이에 지치면 골짜기를 더듬어 더덕, 딱주 등을 캐기도 하고 머루나 개금을 따먹기도 하고 봄에는 당산 아래쪽에 있는 밭에서 여물이 들기 시작하는 풋보리나 밀 이삭을 꺾어다 구워 먹기도 했다. 그러다가 서편의 산 그림자가 동편에 있는 쇠산의 허리춤을 타고 오르면 아이들은 놀이를 접고 산에 올라 자기 집 소를 끌고 논밭 사이로 난 좁은 길을 따라 집으로 돌아갔다. 열 명 남짓한 아이들이 저녁노을을 등에 지고 소를 앞세워 긴 행렬을 이루며 걸어가는 가슴 벅찬 모습을 우리 농촌에서 언제 다시 볼 수 있을까.

어느 날은 집으로 돌아가기 위해 소를 몰러 갔는데 우리 소가 무리에서 떨어져 어디론가 가고 없었다. 같이 놀던 아이들은 다들 집으로 돌아가고 어둠이 내리기 시작하는 산 중턱을 혼자 헤매고 다녔다. 키 작은 나무와 풀이 섞인 땅을 돌아다니는데 걸음을 내딛는 내 발바로 앞에서 시커먼 살모사 한 마리가 천천히 기어가고 있는 것을 발견했다. 그렇게 커다란 살모사는 아직까지도 본 적이 없는 놈이었다.

그때 나는 반바지에 맨발로 고무신을 신었는데 발을 한 뼘만 더 내밀었어도 녀석을 건드려 물렸을 것이다. 생각만 해도 아슬아슬하고 소름 끼치는 일이다.

어둠이 내리고 아무도 없는 산 중턱에서 어린아이가 맹독을 가진 뱀에게 물렸다면 살아남기 힘들었을 것이다. 나는 간발의 차이로 목숨을 부지했다. 그런데 소름 끼치는 그 기억은 언젠가부터 나에게 다른 느낌으로 변했다. 어쩌면 녀석이 나를 지켜 준 것이 아닐까 생각하게 된 것이다. 그 뱀은 위엄 있고 당당한 모습으로 먹잇감도 별로 없는 메마른 땅에서 뿌리를 내려 살아가고 있었다. 소름 끼치면서도 안도감을 느끼게 하는 그 뱀의 기억은 내가 고향 마을을 생각할 때마다 언제나 강하게 떠오른다.

서당골은 수많은 이야기를 담고 있는 곳이다. 당산나무 바로 밑에서는 거친 질그릇 조각들이 많이 발견되는 것으로 보아 옛날에 이곳에 질그릇을 굽던 가마가 있었던 것 같다. 또 일제 때 일본 사람들이 광석을 캐려고 시도했던 동굴이 세 개나 있다. 그중에 제일 큰 것은 길이가 30~40m는 될 듯한데 밖에서 보면 낮에도 시커먼 입구가 음산하다. 어렸을 적에 그 굴에 들어가 보면 천장에 맺혀 있던 물방울이 바닥에 고인 물에 떨어지면서 굴속으로 긴 울림을 남기며 멀어졌고, 낮잠을 자던 박쥐들이 인기척에 놀라 머리 위를 스치듯 날아가기도 했다. 또 다른 동굴 하나는 개울 바로 옆에서 시작해서 비스듬히 지하로 향해 있는데, 개울물이 스며들어 고인 물이 온통 먹빛으로 깜깜했다. 어린 시절 그 동굴 연못 옆 둔덕에 앉아 물을 들여다볼 때에는 그 깜깜한 물속에서 거무튀튀한 구렁이 대가리가 금방이라도 솟구칠 것 같은 생각에 꽤 불안했지만 손가락만한 피라미들은 너무나 한가롭게 그 어둠 속을 드나들었다.

동굴 연못에서 조금 더 내려간 개울 옆 산자락에는 어려서 죽은 아이들의 무덤인 애기장이 있었다. 언젠가 한 번 가 본 그곳은 돌드렁밭에 귀퉁이가 깨진 옹기가 몇 개 있었고, 그 안에는 오래되어 해진 두개골과 뼈 몇 개가 있었다. 비가 부슬부슬 오는 날 혼자 그 근처를 지날 때는 항상 뒤통수와 등짝에 뭔가 스멀거리는 듯한 느낌 때문에 뒤를 돌아보지 못하고 발걸음을 재촉했다. 이런 상황에서 뛰게 되면 공포감은 걷잡을 수 없이 커진다.

그 동굴 연못 옆에는 부모님이 개간한 다락밭 몇 뙈기가 있었는데, 그 옆에는 굵은 돌로 벽을 쌓은 집의 흔적이 있다. 어려서 어머니를 따라 밭에 갔을 때 그것이 무엇인지 여쭤 보니 해방 직후에 있었던 여순사건 때 '산사람'(좌익 게릴라)들이 살던 집터라고 하셨다. 그런데 그 사람들이 지나가다 몇 번 밤을 지새울 수는 있지만 지서와 마을이 가까운 이곳에 고정된 거처를 만들지는 않았을 것 같다. 오히려 가까이에 금굴이 있는 것을 보면 원래 이 집터는 일제 때 금굴을 파기 위해 외지에서 동원됐던 일꾼들의 임시 거처였을지도 모른다.

삼굿거리나 서당골처럼 마을 사람들의 삶과 관련된 모든 곳은 구석구석 고유한 이름을 가지고 있었다. 안골, 장지당골, 황새밭, 서당터, 섬뜰, 주막앞, 통샘거리, 깊은골, 밤밭쟁이, 안골짝, 큰골과 작은골, 살구나무골, 구렁고개, 외록골, 등넘어, 사장고개, 벼락보, 썩은다리보,

남천보, 쇠산, 안산, 멜봉, 장구봉…… 전설 같은 사연을 간직하고 있을 것 같은 정겨운 이름들인데, 모두가 동네 사람들의 논밭이 있거나 땔감, 산나물, 버섯, 약초 채취, 소 방목장 등과 같이 동네 사람들의 생활 터전이었다.

사물의 이름은 인간의 삶과 관련이 있어서 생겨나고 그 관련성을 잃게 되면 이름도 의미를 잃게 된다. 마을 공동체가 한창 번성하던 시절에 이곳들이 만약 이름을 갖지 않았다면 사람들은 일상생활에 상당한 어려움을 겪었을 것이다. 그러나 지금은 동네 사람들의 수도 줄었을 뿐 아니라 모두가 늙어 버리고 생활이 단순해지면서 사람들의 발길이 닿지 않는 곳은 그 이름들도 하나둘 잊혀 가고 있다. 삼굿거리도 삼 굽는 가마가 오래전에 없어져서 그 근처에 전답을 가지고 있지 않은 사람들 입에서는 더 이상 불리지 않고 있다.

서당골은 동네 한씨 문중이 소유한 땅이다. 그렇지만 어렸을 적에 이 골짜기에서는 동네사람 누구나 소를 놓아 먹였을 뿐 아니라 겨울에 땔감을 구할 수 있었고, 봄에는 비료가 없던 시절에 무논에 거름으로 쓸 생풀을 뜯어갈 수 있었다. 커다란 당산나무 두 그루는 나뭇짐이나 풀짐을 져 나르던 머슴과 주민들 그리고 소 뜯기는 아이들이 쉴 수 있도록 의도적으로 만들어진 것 같다. 또 이 골짜기에서는 우리 부모님처럼 외지에서 맨손으로 들어온 사람들이 비록 척박하기는 했지만 논밭을 개간해서 농사를 지을 수도 있었다. 오래전에는 마을이 순수한 한씨 집성촌이었을 거라고 보면 이 땅은 전근대 농경사회에서 마을 공동체가 유지되는 데 필수적인 수단을 제공했던 터전, 곧 마을의 공유지였던 셈이다.

　최근에 이 땅은 먼 지방에서 온 사람이 오리를 대규모로 키울 목적으로 문중 대표와 매매계약을 하면서 마을 사람들과 오리 농장 입주를 반대하는 이웃 주민들 사이에 갈등이 빚어지고 있다. 우리 고향 땅은 전남 일원에 식수와 생활용수를 공급하는 주암호의 최상류 지역이고 산업 시설이 전혀 없어 인근에서는 청정 지역으로 알려져 있다. 더구나 이 골짜기 입구에는 마을 사람들이 이용하는 간이 상수도 시설이 있다. 그런 곳에 대규모 오리 농장이 들어서면 청정 지역이라는 이미지가 훼손될 뿐 아니라 주암호와 동네의 식수 오염도 우려되고 또 농장이 조류독감에 감염될 경우에 겪게 될 불편을 들어 면민들이 반대하고 나선 것이다. 갈등은 아직 해결되지 못하고 휴면 상태에 있다.

　내 어린 시절까지만 해도 서당골은 이 마을 선조들이 마을 공동체를 유지하기 위해 발휘했던 지혜와 외부인에 대한 관용을 드러내 주었다. 하지만 불과 한 세대가 지난 오늘날 그 땅은 후예들의 탐욕과 아집을 보여 줄 뿐이다. 세월의 흐름에 따라 세상이 달라진 것을 원망해야 할까. 어린 시절의 추억을 고스란히 담고 있는 서당골의 운명이 참으로 보기 딱하다.

두 농부의
퇴역

　　　　　　　고향 동네에서 지금 나이가 가장 많은
이는 올해 아흔다섯이 되셨다는 전동댁이라는 노파이다. 몇 년 전만
해도 명절날 고향 집에 왔을 때 길거리에서 이분이 굽은 허리에 바구
니를 끼고 논밭에 다녀오시는 모습을 가끔 볼 수 있었다. 그러나 지
금은 대문 밖 출입을 거의 안 하시는지 내가 고향으로 내려온 지 1년
이 다 되어 가지만 그분을 한 번도 본 적이 없다. 하지만 노환으로 방
안에 누워 계시는 것은 아니고 집 안에서 오만 가지 일을 다 참견하
시고 왕성한 활동을 계속하신다고 한다. 다만 그것이 초로에 접어든
아드님 내외가 계획하고 예상했던 것과는 동떨어진 결과를 빚는 경우
가 많을 뿐이다. 얼마 전에는 집에 있는 화학비료를 사료인줄 알고 소
에게 먹였다가 소가 죽는 바람에 동네에서 한동안 화젯거리가 됐었
다. 그러나 가축 끼니를 사람 끼니 챙기듯 소중히 여기는 것은 그분만

이 아니라 시골의 모든 노인들에게서 똑같이 볼 수 있는 일이다.

　남자 노인들 중에서는 올해 여든세 살인 아랫돔 김노인과 그보다 한 살 아래인 윗돔 김노인이 최고령이다. 두 분은 닮은 데가 참 많다. 나이도 비슷하지만 그 또래의 시골 사람들 대부분이 그랬듯이 신학문은 물론이고 천자문 근처에도 가 보지 못한 채 오직 힘든 노동으로 평생을 살아오신 분들이다. 이분들은 인근에서 자부심 강하기로 유명한 한씨 집성촌인 이 동네에 들어와 가족을 이루고 뿌리를 내리기 시작한 젊은 시절부터 60여 년이 지난 지금까지 목에 힘을 주거나 눈을 치켜뜨고 사람을 쳐다본 일이 거의 없었을 것이고, 문전옥답은 엄두조차 못 내고 일거리 많은 산비탈 논밭을 조금씩 일구며 자식들 키우느라 잠시라도 헛눈질할 틈이 없었을 것이다. 당신들이 일군 살림살이의 빠듯함을 나타내는 듯 두 분이 살고 있는 집은 동네에서 가장 작은 축이고 집 마당도 경운기 한 대 들어서기 빡찰 정도로 좁다.

　오직 부지런함만이 이분들의 유일한 자랑거리요 동네 사람들의 탐낼 거리였을 것이다. 이분들이 평생 피나는 노력으로 갖게 된 '자기 땅'의 넓이는 보통 농가의 절반 정도다. 그나마 동네에서 가장 멀어 이웃 동네와의 경계에 있거나 경작지로서는 한계농지(산출이 투입을 넘어설 수 있는 마지막 토지)인 산골짜기의 가장 끝에 있다. 아주 높은 밭둑은 크고 작은 돌덩이로 축대를 쌓고 가장자리는 돌담을 높게 둘러쳤다. 아마도 산짐승이 가장 먼저 들르는 곳에 있기 때문이었을 것이다. 두 분은 우연하게도 위로 딸을 셋 두고 끝에 아주 늦은 나이에 아들 둘을 둔 것도 같다. 윗돔 김노인은 큰아들이 대학입시에 실패하고 재수하던 해에 회갑을 맞이하여 빛날 것 하나 없는 잔칫상을 받으셨고, 아랫돔 김노인네는 손자 같은 큰아들이 이제 막 고등학교에 들어간 나이로 회갑날 아버지께 절 올리는 것을 보고 그의 누이들과 어머니가 함께 울음을 터뜨렸다는 얘기를 들었다.

이렇게 비슷한 점이 많은 두 분의 삶은 이태 전부터 크게 엇갈리고 있다. 아랫돔 김노인은 몸은 아주 건강하지만 치매로 고생을 하고 있고, 윗돔 김노인은 정신은 온전하지만 기력이 갑자기 쇠하여 거의 90도로 꺾인 허리를 지팡이에 의지한 채 동구 밖 당산 위에 지어진 정자나 마을 회관 출입 정도를 하며 소일하고 있다. 두 분 다 생의 막바지에 찾아든 불행으로 평생을 일해 온 논밭에서 본의 아니게 떠나게 되었지만 두 분의 신체와 정신을 합친다면 아직도 한 사람의 일꾼 몫을 훌륭하게 해낼 수 있을 것이다.

이제 농사일을 겪어 본 지 1년이 되어 가는 내가 이분들의 80 평생을 생각해 보면 노동으로 점철된 그들의 생애가 꼭 전설처럼 아득하다. 일제 강점기의 초기에 태어난 이들은 농기구가 장난감이었을 열 살 훨씬 이전에 꼴머슴에서 당신들의 개인사를 쓰기 시작했을 것이다. 흡연 경력이 당신들의 나이와 별반 차이가 나지 않는 것이다.

윗돔 김노인은 조금 커서는 장작을 한 짐씩 지게에 지고 험한 고개를 넘어야 하는 30리 길을 걸어서 벌교 읍내에 거주하는 왜인들 집에 팔러 다니는 게 큰 벌이였다. 그런 일로 익숙했던 길이기에 당신의 장남이 외지에서 고등학교를 졸업하고 집으로 가져오는 책상을 육순의 나이에도 지게에 지고 그 길을 걸어올 엄두를 쉽게 낼 수 있었을 것이

다. 그분은 일제 말기에 일본의 홋카이도에 있는 탄광에서 광부로 2년여 일했지만 호주머니가 빈 채로 귀국하고 해방 즈음에 결혼을 하여 맨손으로 살림을 시작하셨다고 한다. 3년 후에 여순사건이 발생했을 때에는 빨치산을 토벌하려는 경찰토벌대의 탄약 운반에 징집되어 사흘 밤낮을 하루에 주먹밥 두세 개로 때우면서 수십 리 산길을 탄약을 지고 다녀야 했고, 산사람들이 밤에 동네에 다녀간 다음 날은 지서에 끌려가 장작개비로 타작을 당하기가 예사였다.

나이 때문에 군에 징집되는 것은 피할 수 있었지만 전쟁을 겪었고, 60년대까지의 보릿고개를 혼신의 힘으로 헤쳐 오면서 땅을 조금씩 장만할 수 있었다. 그러는 사이에 식구들이 늘고 자식들이 커 가면서 그들의 여우살이와 학비를 마련하기 위해서 사물이 희끄무레한 윤곽을 드러내기 시작하는 꼭두새벽부터 어둠이 찾아들 때까지 그 긴 세월 동안 몸 편한 날이 얼마나 됐을까. 이분은 이제 육신이 만신창이가 되고 1년 전 서울에서 아들이 귀향해서 농사를 꿰차게 되자 비로소 곤고한 휴식을 얻은 셈이다.

지나온 세월의 삶이 윗돔 김노인과 크게 다를 바 없었을 아랫돔 김노인은 타고난 건강과 힘으로 오랫동안 사람들의 부러움을 샀다. 그러나 지금은 사고 체계가 많이 헝클어져 버렸다. 1년에 며칠씩 두세 차례만 얼굴을 대했던 나를 기억하고 반가운 인사말을 건네기는 하지만 시간 감각과 계절의 변화를 인식하는 데 특히 많은 어려움을 겪고 계신 것 같다. 모판을 만들기도 전인 이른 봄에 논에 벼가 잘 익어서 벼를 베러 간다거나 조상님 산소에 벌초를 해야겠다면서 낫을 들고 밖으로 나가는 일이 많았다. 하루해가 저문 뒤 어스름에 부인이 동네 사람들에게 영감님의 행방을 묻는 일이 잦았고, 또 밤 아홉 시가 넘은 시간에도 집에 들어오지 않아 찾아보면 산골짜기에서 무언가 '일'을 하고 있을 때가 많았단다. 그 댁의 할머니는 영감님이 혹시나 차를 타고 알 수 없는 곳으로 가 버리지나 않을까 항상 노심초사이다.

나는 이 두 분을 비롯해서 농사일로 평생을 살아온 시골의 모든 노인들에게 농사일에 대한 사고 작용은 뇌가 아니라 뼈가 담당하고 있을 거라고 믿게 되었다. 그렇지 않다면 농사일에 대한 그분들의 관심과 의욕이 그렇게 강하고 끈질길 리가 없다. 윗돔의 김노인은 지탱하기도 힘들어 보이는 몸으로 닭 돌보는 일을 도맡으셨고, 고추나 참깨, 팥 등을 볕이 나면 밖에 내다 널고 해가 기울기 바쁘게 거둬들이기도 하고, 두어 번은 풀뿌리를 붙잡고 언덕을 기다시피 올라 아들이 지어 놓은 농사를 둘러보시기도 했다. 아침이면 어김없이 텔레비전에서 나오는 일기예보를 듣고 아들에게 전해 주시면서 때로는 먼 곳의 비소식이 그곳의 농사를 망쳐 놓지나 않을까 걱정도 곁들이신다. 바쁜 철에는 동네 사람들 농사일의 진척 상황을 다 꿰고 계시고 누구네 농사가 잘되고 못된 것까지 훤하다. 봄 농사를 준비할 때에는 농협에서 대출해 주는 영농자금을 독단으로 신청하고 비료도 주문해서 아들이 뒤늦게 취소시킨 일도 있었다.

이 일이 있은 후 그 아들로부터 앞으로는 농사일에 관련된 모든 일을 자신과 상의하거나 자신에게 맡겨 두라는 핀잔 섞인 이야기를 들어야 했다. 그분은 오랫동안 아들이 서울의 명문 대학을 나와 고등학교 선생질을 하고 있다는 것이 자랑이었는데, 지금은 유일하다시피 한 그 자랑거리가 없어진 것도 있지만, 농사일을 주관하는 사람으로서의 지위를 잃어버린 것이 가슴속에 상실감을 오히려 더 크게 만들어 놓고 있을 것이다.

아랫돔 김노인이 길을 걸을 때는 항상 손에 낫이나 쇠스랑 같은 농기구가 들려 있다. 먼발치에서 발견되는 그분은 산 아래 묘지에서 땔나무를 하거나 길가에서 풀을 베거나 비가 많이 오는 날 당신네 논둑을 천천히 걷는 모습이다. 집 안에서는 시간이 날 때마다 마당 한켠에 쌓아 둔 나무 패널을 뜯어 이쪽에서 저쪽으로, 저쪽에서 다시 이쪽으로 옮기는 것이 일이란다.

한번은 내가 마을 뒷산에 있는 대나무 밭에서 고추 농사에 쓸 지주대를 만들고 있는데, 그분이 낫을 쟁인 지게를 지고 올라오셨다. 어디 가시느냐고 여쭈니 나무를 하러 가신단다. 위쪽으로는 더 이상 길이 없는 곳인지라 나는 그분이 내가 만들어 놓은 대나무 막대들을 지고 내려가지 않을까 걱정했는데, 내가 일을 마치고 내려가자 빈 지게를 지고 함께 내려오셨다. 큰길로 오니 영감님이 끌고 온 수레가 길가에 놓여 있다. 하고자 하는 일에 필요한 도구들은 빠짐없이 챙겨 나오신 셈이다. 그러나 그분이 의미 있는 일을 하는 경우란 부인의 손에 이끌려 논밭에 나와 부인이 시키는 일을 하실 때뿐이다. 결국 그분도 윗돔의 김노인처럼 일을 주관하는 입장에서 너무 멀리 벗어나 있다. 당신의 불완전한 의식에서는 여전히 주관자이겠지만.

만약 나이든 농부들이 하는 농사일이 뇌와 의식의 지배를 받는 것이라면 두 김노인은 당신들의 심신을 그렇게 피폐하게 만든 평생의 농사일에서 지금쯤은 멀찌감치 벗어나 있을 법하다. 그러나 여전히 그분들의 일에 대한 욕구와 농사에 대한 관심은 완강하고 집요하다. 나는 그것이 뼈로부터 나오는 것이며 또한 일에 대한 사랑이라 믿는다. 나도 가끔 지게질을 할 때가 있는데, 그때마다 지게의 멜빵이 지나는 어깨와 가슴 부위의 실핏줄이 터져 작은 피멍들이 돋곤 한다. 언젠가 그 모습을 본 동네 어른이 "일이 뼈에 백혀야……"라고 했던 말을 지금은 조금씩 알 것 같다.

대다수의 평생농부들은 농사일에 대해 애증의 상반된 감정을 함께 갖고 있다. 윗돔의 김노인은 가끔 당신의 운명을 그렇게 만든 선친의 무능력에 대한 원망과 고된 일 속에서 속절없이 흘러가 버린 생에 대한 한스러움을 눈물로 보인 적이 있었다. 그러나 그것은 농사일이 어쩔 수 없이 몸을 혹사시킨다는 점, 또 농업이나 농부라는 직업인에 대한 사회적 평가가 낮다는 점, 이러한 이유들로 해서 사회적 관계나 활동에서 열등한 입장을 면치 못했다는 사실 때문에 머리가 내린 판단일 뿐이지 이분이 농사에 관련된 일 자체를 저주하는 말을 나는 한 번도 들어 본 적이 없다. 그래서 농사일에 관한 한 미움은 머리에서 나오고 사랑은 뼈에서 나오는 것이 아닌가 생각하게 된다.

아랫돔 김노인은 내가 길에서 마주쳐서 인사를 할 때마다 고개를 들어 잠시 나를 바라보다 "자네가 와서 일을 하는구만" 하고 대답한다. 그분은 얼굴에 항상 엷은 미소를 띠고 있는 것이 마치 밤낮으로

267

꿈을 꾸고 있는 것 같다. 봄날 아지랑이 피어오르는 보리밭 위를 솟구치는 종달새의 지저귐에서, 여름날 풀을 벨 때 나는 상큼한 풀 내음을 맡으며, 가을걷이가 끝나가는 황량한 저물녘 들판에 퍼지는 온갖 풀벌레들의 합창을 들으며, 겨울날 땔나무 하러 가는 산길 눈 위에 찍힌 참새와 산토끼의 발자국을 밟으며 싫도록 반복되던 '일'에 대한 기억을 꿈꾸다 나의 인사에 화들짝 깨어나느라 잠시 내 얼굴을 쳐다보는 것만 같다.

나는 이제 그분들이 평생을 바쳐 엮어 온 전설을 반 토막이나마 닮아 보려 하고 있다. 그러나 지게와 한 손에 들 수 있는 농기구 대신 제법 현대화된 농기계와 날렵한 트럭으로 무장한 농부가 엮어 낼 전설을 나의 다음 세대가 되새겨 본다면 아마도 깊이와 여운을 잃어버린 패스트푸드를 씹는 맛일 것만 같다.

한 도랑이
무너지다

지난여름 내가 살고 있는 집에서 멀지 않은 곳에 있는 고향 동네에 초상이 났다. 바로 고향 집 아랫집에 사시던 할머니가 돌아가신 것이다. 그분은 어머니의 오랜 친구였고 또한 내 친구의 어머니이기도 했다. 나는 그날 일을 부지런히 마치고 아내와 함께 세차게 내리는 장맛비를 뚫고 광주로 문상 길을 나섰다. 빈소에는 가까운 곳에 사는 친구들이 이미 문상을 마치고 담소를 나누고 있었고, 상주들의 그간 사회생활을 반영하듯 많은 문상객들로 북적이고 있었다. 나도 차례를 기다려 문상을 했다. 분향을 하고 바라본 영정 속의 너무나 낯익은 얼굴이 갑자기 내 눈시울을 뜨겁게 만들었다. 그분은 동네 어른 중에서 내가 어린 시절부터 가장 많이 부대꼈으며, 귀농해서 고향 동네에 갈 때에도 가장 자주 뵙던 분이었다.

아랫집은 우리 집과 골목길을 사이에 두고 60여 년 가까운 세월

동안 지적의 이웃으로 지냈다. 두 어머니는 동갑내기인 데다 2남 3녀의 자녀를 비슷한 터울로 둔 것도 닮았다. 그러나 두 집안은 비슷한 점에 비해 서로 대조적인 면이 훨씬 많고 또 강했다. 우리 집은 부모님이 결혼하신 직후에 청주한씨 집성촌인 이 동네에 빈손으로 굴러온 돌이었고, 아랫집은 살림도 토실했을 뿐 아니라 동네에서 비중이 있는 토박이였다.

아랫집 어른들은 일제 때 정규 학교교육을 받았지만 우리 부모님은 신구학문을 불문하고 교육이나 문자의 혜택을 전혀 받지 못했다. 사실 비교 대상이 될 수 없었다. 그렇지만 자녀들이 모두 비슷한 나이에 태어나 함께 자랐기 때문에 자라는 과정에서뿐 아니라 다 큰 이후에도 서로 간에 시샘과 부러움과 희비가 끊임없이 교차했을 것이다. 상급 학교에 대한 진학 여부나 혼처의 좋고 나쁨, 혼인 이후 삶의 평탄함, 학교 성적이나 건강 등 크고 작은 모든 문제를 의식하고 비교했을 것이다. 이런 여러 가지 이유 때문에 두 집안은 흉허물 없는 이웃사촌으로 지내기는 참 힘든 관계였다.

그래도 두 집안은 그 긴 세월 동안 큰 갈등 없이 좋은 이웃으로 살았다. 집에 불이 나면 가장 먼저 달려갔고, 농기구나 살림에 필요한 연장이 없으면 가장 먼저 손을 내밀 수 있는 대상이었다. 두 집의 부엌은 부부간에 갈등이 심한 날 어머니들의 피신처가 되기도 했고, 삶의 고단함을 넋두리로 풀어 버리기도 했을 것이다. 군음식이 흔치 않았던 어린 시절에 제사나 생일 음식, 밖에서 들어온 음식 선물은 아무리 적은 양이라도 도랑의 모든 집에 나누어졌다. 그때 나눠 먹던 그

음식을 이바지라 불렀는데, 대개 떡 두어 쪽과 사과 반쪽, 또는 사탕 대여섯 개와 비스킷 몇 쪽이 담긴 이바지 접시를 집집마다 돌리는 것은 우리 집에서는 나와 손위 누님 담당이었다.

두 분은 봄에 고사리를 꺾으러 가는 산길의 동무였고, 손으로 모내기하던 시절에는 해마다 한 달이 넘도록 무논에서 항상 어깨를 나란히 하셨을 것이다. 그러나 무엇보다도 두 어머니는 골목의 끝집 할머니와 함께 예순이 넘어서까지 이어오던 이 도랑의 길쌈 품앗이의 핵심이었다.

이태 전 늦가을 어느 날은 골목의 끝집 할머니가 돌아가셨다. 그분은 어머니와 거의 같은 연세로 건강한 편이었지만 중병을 만나 불과 서너 달 만에 갑자기 돌아가신 것이다. 나는 달걀 배달을 마치고 밤 늦은 시간이 되어서야 문상을 했다. 분향을 마치고 절을 올리면서부터 나는 까닭 모를 상실감으로 흐르는 눈물을 주체할 수 없었다. 상주가 오히려 문상객을 위로하는 묘한 상황이 벌어졌다.

장례를 치른 후 얼마 지나지 않아 그 댁의 막내인 두 살 아래 동생이 나를 만나 그때 왜 그렇게 울었느냐고 물었다. 그분은 우리 어머니의 치매 증상이 심해져서 병원으로 모시기 전까지 혼자 사시는 어머니를 돌봐 주신 분이었다. 같은 지역에 살면서도 제 살길 찾느라 부모와 함께 살지 못하는 그가, 역시 가까이 살면서도 제 식구랑 자느라 내가 어머니를 모시기는커녕 그렇게 불안해하시던 밤을 자주 지켜 드리지 못했다는 것을, 그래서 자신의 어머니가 내 할 일을 대신 해주셨다는 것을 어떻게 알 수 있었겠는가.

치매라는 모진 병은 어머니에게 참 슬픈 모습으로 다가왔다. 내가 귀농한 지 3년째 되던 해 가을에 아버지가 돌아가셨고, 이듬해 첫 기제사를 치르던 날 밤 어머니는 제사 음식을 들고 동네 할머니들이 모여서 시간을 보내는 마을 회관으로 놀러 가셨다. 처음부터 음식을 적게 가져가시려고 했고, 음식만 갖다 놓고는 바로 돌아오셨다. 밤에 회관 마실이 생활이 된 어머니였기에 조금 이상하게 생각되었지만 그뿐이었다.

그런데 이듬해 여름 무더위가 한창이던 7월의 일이다. 나는 추석 무렵에 수확해서 팔 요량으로 어머니께 무 씨앗을 심어 달라고 부탁을 드렸고, 사흘 뒤 싹이 제대로 나는지 확인하기 위해 밭에 들렀다가 깜짝 놀라고 말았다. 준비해 둔 이랑의 절반 정도에만 싹이 올라오고 있었던 것이다. 한 두둑을 두세 번 반복해서 심으셨고, 한 구멍에 싹이 열 개 정도 올라오는 곳이 많았다. 한 구멍에 씨앗 세 개씩, 구멍 간격은 한 자씩, 한 두둑에 두 줄로 파종하도록 부탁 드렸던 일이었다. 어머니는 한여름 땡볕 아래서 씨앗을 심다가 그만 정신줄을 놓쳐 버리고 씨앗을 부어 놓다시피 하신 것이었다.

그 후로 어머니의 병은 매우 빠른 속도로 진행되었다. 크고 작은 일들에 대해 의심이 늘어 갔고, 누군가가 당신을 공격하리라는 불안감과 피해 의식에 사로잡히기도 했다. 나중에는 환청과 환영으로 밤에 편하게 잠들지 못하고 공포에 싸여 늦은 시간에 나에게 전화를 해서 달려간 적도 있었다. 그러나 밤늦게야 끝나는 배달 일을 핑계로, 때로는 아는 사람들과 술 마시느라, 또 가족도 배려해야 한다는 명분으로 나는 혼자 주무시는 어머니 집을 자주 찾지 못했다. 그때마다 골목 끝집 할머니가 우리 집에 와서 어머니의 불안감을 달래며 함께 주무셨다. 그 댁도 노인 내외분만 살고 계셨고, 얼마 전 큰 수술을 받았던 영감님을 혼자 주무시게 하기도 개운치 않은 형편이었다. 결국 어머니의 증세가 너무 심해져서 인근 병원으로 모실 때까지 내가 어머니와 함께 잔 날보다 훨씬 많은 날들을 그분이 어머니와 함께하셨다.

이웃집 두 할머니가 돌아가시기 전까지 그 도랑은 어머니를 포함해서 세 집이 살았지만 원래는 여섯 집이 있었다. 그러나 지금은 없어진 그 세 집은 주인도 몇 차례 바뀌고 나이 차이도 있고, 농사에 전적으로 의존하지 않았던 관계로 도랑의 당당한 한 식구로 받아들여지지 못했다. 하지만 그 집들은 길쌈을 하지 않았다는 것이 도랑의 주역이 되지 못한 결정적인 원인이었을지도 모른다. 도랑의 터줏대감인 세 어머니는 나이가 거의 같았고, 비슷한 시기에 혼인해서 그 골목에 자리를 잡았다. 자식들도 똑같이 2남 3녀씩 두었으며 농사와 길쌈으로 60년을 함께 부대끼며 살아온 것이다.

세 분의 한 평생 삶은 낮에는 농사일 하고 밤에는 삼베길쌈하고 그 사이에 틈틈이 자식 낳고 기르는 이 세 가지 일 외에는 다른 어떤 것도 없었다. 농사일을 쉬는 겨울에는 낮에도 길쌈 품앗이를 했지만 농사철에는 낮에 아무리 힘든 일을 하더라도 저녁을 먹고는 어김없이 모여 삼을 째거나 삼고 자았다. 이 길쌈 품앗이는 도랑 이웃에 사는 서너 사람이 추가되어 예닐곱이 될 때도 있었으며 구성원의 순서를 정해서 그날은 순번이 되는 그 집의 일을 모두 해주는 방식으로 이루어졌다. 품앗이 방은 때로 걱정과 한숨, 한탄이 오가기도 했지만 웃음이 거의 끊이지 않고 담장을 넘어 골목으로 흘러나왔다. 낮에 있었던 일이나 동네 사람들 흉보기, 동네 사람 흉내 내기 등이 주된 소재였지만 그것은 이야기의 주인공을 헐뜯자는 것보다는 웃자고 하는 것이었다. 그러면서 어머니들은 시름을 덜고 위로를 받고 낮에 쌓인 피로를 털어 내며 다음 날 새벽부터 시작되는 고된 일을 헤쳐 나갈 힘을 얻을 수 있었을 것이다. 대체로 밤 열 시까지 계속된 품앗이는 마지막에 집주인이 시원한 동치미에 삶은 고구마를 내오거나 저녁에 먹고 남은 죽 또는 밥을 비벼서 나눠 먹고 헤어졌다.

병원에 들어가시기 얼마 전에 어머니는 "이 도랑이 참 좋다"고 나에게 말씀하신 적이 있다. 평소에 과장이나 호들갑을 싫어하는 어머니의 성품으로 보아 어머니가 이웃 할머니들과의 관계에 대해 아주 만족스럽게 생각하고 계시다는 말이었다. 그만큼 흉허물 없이 속내를 털어놓을 수 있으며 서로 의지가 된다는 뜻이었을 것이다. 그런데 어머니가 병원으로 들어가시고 얼마 후 끝집 할머니마저 갑작스럽게 돌아가시자 골목에 혼자 남게 된 아랫집 할머니는 마을 회관에 마실 와서 몹시 상심하고 불안해하셨다고 한다. 60년 가까이 이웃해서 밤낮으로 함께 일하고 애환을 나누었으니 당신들은 서로에게 또 다른 가족이었을 것이다. 아니 서로가 서로에게 뿌리가 되었다고 해야 할 것이다. 뿌리!

그러나 지금의 농촌은 우리가 새롭고 건강한 뿌리를 내리기에는 토양이 그리 비옥하지 않다. 마을 공동체라는 것이 옛날 같지 않기 때문이다. 무릇 공동체라 하면 일과 밥, 그리고 놀이를 함께 나누어야 할 터인데 요즘 농촌 마을은 일을 서로 나누지 않는다. 모내기나 김매기, 벼 수확처럼 한꺼번에 여러 사람의 힘이 필요한 일을 지금은 모두 기계가 대신해 주니 함께해야 할 일이 거의 없다. 일을 함께하지 않으니 밥을 함께 먹을 일도 없어졌다. 그래서 손이 많이 필요한 일은 외지에서 인부를 사 와서 해결하고 그들에게 주인은 준비한 밥을 내와서 함께 나누기보다는 인근 식당에 주문해서 제공한다. 다른 사람의 품을 돈으로 샀으니 내 품으로 갚을 필요는 전혀 없다.

당연하게 품앗이라는 것도 없어졌다. 축산, 원예, 농경, 과수, 산림, 건축 등 사람들마다 일의 성격과 일과가 다르니 마을 사람들이 함께 어울릴 일도 별로 없다. 타인과의 교제나 여가는 별도의 일이 되었다. 함께 일한 뒤에 밥과 술을 먹는 것이 아니라 교제를 위해 남자는 술을, 여자는 밥을 나눈다.

이제 세 어머니가 떠난 고향 집 골목은 적막하기 그지없다. 올해 아흔 둘이 되신 끝집 할아버지만이 원주민으로서 마지막으로 이 도랑을 지키고 있다. 어머니들의 손길이 끊어진 골목은 여기저기 잡초가 무성하고 언덕의 대나무가 자라 곳곳에서 골목을 넘보고 있다. 우리 집은 담장마저 무너져 내려 마당에 키만큼 자라 무성한 덤불이 밖으로 드러나 보이고 어머니의 손길로 항상 반짝이던 툇마루는 먼지에 싸여 퇴색된 지 오래다. 사람이 살지 않는 골목에는 흔한 고양이조차 보이지 않는다. 그야말로 끝집 할아버지의 얼굴에 핀 검버섯과 염색이 바래 허옇게 된 머리카락처럼 어둡고 온기도 느낄 수 없다. 오

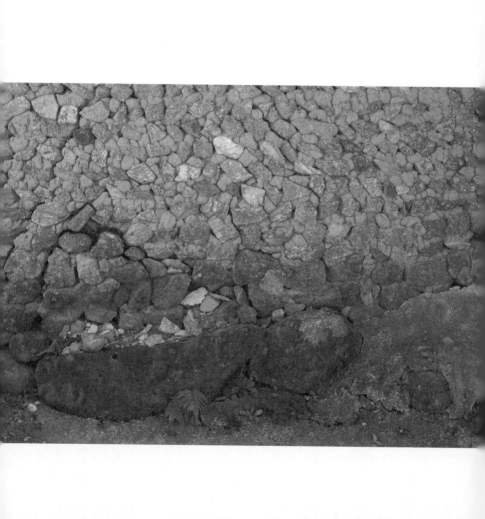

래전의 생동감 넘치던 도랑의 모습은 어쩌다 찾아보게 되는 어머니가 무심코 되뇌는 원초적 기억 속에서만 희미한 모습으로 살아 있다.

어머니는 병상에 누워서도 어제는 산에 가서 나무를 해 왔고 오늘은 어느 밭에 씨를 들였다고 하신다. 때로는 창밖에 펼쳐진 논밭에서 사람들이 일을 하고 있다고도 하신다. 아랫집 어머니가 돌아가시기 전 잠깐 병상에 계실 때에도 우리 어머니와 비슷했다고 한다. 마치 촛불의 불꽃이 꺼진 직후에 심지에 잠깐 동안 남아 있는 불빛 같다.

골목의 주인공이었던 세 분 어머니가 모두 이곳을 떠나셨다는 것은 단지 어머니라는 이름이 표상하고 있는 모든 것들, 요컨대 세상살이에 지치고 상처받은 우리의 영혼을 치유하고 회복시켜 주는 힘 같은 것을 이 골목에서는 이제 더 이상 기대할 수 없게 되었다는 것만을 의미하지는 않는다. 나에게 그것은 우리 시대와는 전혀 다른 원리와 세계관으로 살았던 사람들의 시대가 이제는 다시 돌이킬 수 없는 과거가 되었다는 의미로 다가온다. 불과 한 세대가 교대하는 짧은 시간 동안에 유구한 과거가 우리의 눈앞에서 막 사라지려 한다는 느낌이다.

그분들은 가족을 포함한 인간에 대해서뿐 아니라 대지와 자연에 대해서도 오늘날 우리와는 전혀 다른 모습으로 살았다. 그 근본적인 차이는 당신들은 자신을 낮추고 비움으로써 대상을 섬길 수 있었지만, 우리에게는 그럴 능력은 물론 그러고자 하는 의사도 전혀 없다는 데에 있지 않을까.

3년 전 천주교에 입교한 나에게 세례를 주신 신부님은 인근에서 강론을 잘하기로 꽤 알려져 있었다. 지금은 다른 곳에 계신 그분의 강론 중에서 나는 "온전한 신앙은 자아를 완벽하게 포기할 때 가능하다"는 한 마디가 제일 기억에 남는다. 신앙은 신에 대한 사랑이라 달리 말할 수 있겠고, 성경에는 "하느님은 사랑이다"라는 구절도 있는데, 나는 그 말을 "사랑은 곧 하느님이다"로 바꿔 이해한다.

하느님이 인격적, 실재적 존재인지 여부는 나에게 별로 중요한 문제가 아니다. 기독교의 하느님을 포함해서 모든 신은 인간이 추구해야 할 절대 진리, 혹은 최고의 가치를 표상하고 있으며, 사랑은 그러한 가치에 가장 부합되는 관념이 아닐까. 이렇게 보면 신부님의 강론은 "온전한 사랑은 자아를 완벽하게 포기할 때 가능하다"로 바꿔 말해도 뜻이 그대로 통한다고 할 수 있다. 그렇다면 최고의 관계는 이러한 의미의 사랑으로 이뤄진 관계일 것이다.

내가 지금껏 알고 있는 사람들 중에서 고향 집 도랑의 주인공이었던 세 어머니들이야말로 이러한 사랑의 의미에 가장 가깝게 살았던 분들이라 생각한다. 농경사회의 끄트머리에 살았던 그분들은 여자로 태어나면서 삶의 행로가 이미 정해져서 자신을 개발한다거나 새로운 능력을 발휘한다는 관념을 갖기 힘들었을 것이다. 그러나 우리 사회가 급속히 산업화하면서 자식들을 통해 부를 쌓거나 신분을 상승시키고자 하는 욕구는 분명히 있었을 것이다. 특히나 우리 어머니는 물질적인 어려움과 자상하지 못했던 남편과의 관계 때문에 그런 욕구가 더 강했을지 모른다. 그러나 어머니는 생일날 삼신할미 상 앞에서, 새벽녘 장독대에 정한수를 떠 놓고, 닭 잡는 날 내 그릇에 닭대가리를 담으시면서, 또는 정월 대보름이나 초파일날 인근 사찰의 불상 앞에서 마음으로 더 간절하게 기구하셨겠지만 나에게는 그런 당신의 욕구를 한 번도 직접적으로 드러내 보인 적이 없다. 진학할 학교나 학과를 선택할 때도, 직업을 선택할 때도, 직장을 그만두고 농사를 짓겠다고 할 때도 어머니는 나에게 모든 결정을 맡기고 당신은 그것을 받아들이고자 하셨다. 당신을 비우고 낮추지 않으면 불가능한 일이다.

나는 어머니를 통해 자식들에 대한 부모의 교육적 역할에 대해 생각하게 되었다. 그 역할이란 자녀들이 건강한 신체로 성장할 수 있도록 돕고, 부모 스스로 일상생활에서 도덕적 모범을 보이고, 부부가 서로 사랑할 것, 마지막으로 그들이 맞이하는 모든 날들이 행복하도록 간절히 기도하는 것이면 충분하다는 것이다. 그럼에도 나는 50년간 키워 온 나의 가치관이나 이념을 아이들에게 틈틈이 끼워 넣으려고 한다. 나를 비우고 모든 것을 그들에게 믿고 맡기는 것이 이렇게 힘들다. 우리가 어머니 시대와는 근본적으로 다른 시대에 살고 있다는 생각을 하게 된 이유이다.

어머니가 돌아가시면 무덤 앞에 묘비를 세우고 '당신이 가진 것보다, 당신이 줄 수 있는 것보다 더 많은 것을 자식들에게 주신 분'이라는 글귀로 뒤늦은 감사를 표할까. 그러나 어머니는 그런 것조차 달가워하지 않으실 것 같다.

땅의 순리를
알아 버린 사람의
여유

윤광준
(사진작가)

책에 들어갈 사진을 찍기 위해 김계수와 만났다. 이미 여러 번 들러 익숙한 낙안읍성 근처 외서면 농소리에 그가 산다. 처음 마주친 저자와 사진쟁이는 서로 말이 통할 상대라는 걸 알아차렸다. 점심을 먹으며 함께 마신 소주의 취기 때문만은 아니다. 바로 지금, 여기의 관심에 충실한 동년배의 공감이 앞섰던 탓이다.

적당히 부패한 채 살면서 세상에 냉소적 시선을 보내는 어설픈 진보주의자들의 행보를 보았다. 만나기 전 그의 이력을 미리 챙겨본 탓일까. 현실의 그와 대면하기 전까지 혹시 그런 부류의 사람이 아닐까 상상했다. 아니었다. 최근 만났던 사람들 중에서 이토록 맑은 표정을 지닌 이는 보지 못했다. 다가올 미래를 이미 써 버린 중년 아저씨의 불안과 공허함이 전혀 느껴지지 않았다.

닭장에는 그의 손길을 원하는 수백 마리의 닭이 있다. 집 앞 논에는 곧 수확해야 할 벼가 널렸다. 언덕 뒤 채마밭에선 배추와 무가 자란다. 4킬로미터 남짓 떨어진 그의 생가 근처에도 김장용 배추밭이 펼쳐진다. 혼자 이를 다 건사하기는 무리일 듯 싶었다. 어쨌거나 그는 이 많은 농사일을 도움의 일손 없이 스스로 한다. 올바른 먹거리를 만들기 위해 흘리는 땀 한 방울이 참된 세상을 위한 기여라는 믿음은 멋졌다.

이틀을 함께 보냈다. 으레 하는 사진작업이라면 내 볼일만 바쁘게 마치고 서울로 올라갔을 것이다. 더 머무르고 싶었다. 첫 대면의 서먹함 때문에 채 보여 주지 못한 속내를 알고 싶었음이다. 아침부터 저녁까지 어떻게 사는지 바로 옆에서 지켜보았다. 농부의 일상은 과장과 미화의 내용을 만들지 않았다. 고된 노동의 강도는 생각보다 컸다. 간간히 아픈 허리를 손으로 짚고 연신 들이키는 소주가 아니라면 견디지 못할지 모른다.

힘든 농사일을 하는 중년 사내가 어디 김계수뿐일까. 삶의 고단함을 품고 살지 않는 이 또 어디 있으랴. 몸이 부서져라 일하지만 그의 표정은 힘들고 괴로워 보이지 않았다. 제 스스로 선택한 농사일의 즐거움과 기쁨으로 채워진 투명한 낯빛만이 도드라진다. 움직인 만큼 돌아오며 퍼부은 만큼 되돌려주는 땅의 순리를 알아 버린 여유임을 알겠다.

제 삶의 주인공이 아닌 이들은 선형의 일상을 산다. 남이 짜 놓은 예측과 계획 속에 자신을 던져야만 안심되는. 내재된 불안과 허영은

외피로 포장해야 겨우 진정될지 모른다. 별 다른 노력 없이 꾸는 꿈은 허황되며 잔인한 세월은 생각뿐인 기대를 들어주지 않는다.

그는 제 삶의 주인공이 되길 바랐다. 땅에서 느리고 더뎠지만 행동으로 이끈 비선형의 삶을 일구는 데 성공했다. 누구보다 멋진 꿈의 주인공이 되었음은 물론이다. 세상의 틈새에 끼어 불화하던 나약한 자아는 거짓 없는 땅에 우뚝 서 새로운 희망으로 채워졌다.

닭장 안의 닭들은 달걀과 고기만을 주지 않았다. 몇 평 안 되는 공간에서 펼쳐지는 닭의 드라마는 삶의 모습을 선명하게 비춰 준다. 혼탁한 세상이 가려 버린 조화와 균형의 실천법은 수탉과 암탉의 행동 안에 다 들어 있다. 감탄과 경이의 눈길로 옮긴 관찰의 기록들은 사람들에게 되돌려졌다. 소박한 진실이 갖는 힘은 의외로 셌다.

그의 일상만큼 진솔하고 감동적인 글들은 매력적이다. 젖은 솜처럼 피곤한 몸을 추슬러 한자 한자 써 내려간 부지런함은 모두를 숙연하게 만든다. 그가 발간하는 순천시의 지역신문 〈광장신문〉에 '나는 달걀 배달부'를 연재한 지 오래됐다. 잠시도 쉬지 못하는 천성 덕분에 누리는 호사다. 책으로 묶여 나오기 전 원고를 읽어 보는 행운과 멋진 사람을 만난 감동으로 덩달아 행복해졌다.

나는 달걀 배달하는 농부

초판 1쇄 발행 2013년 12월 5일
초판 2쇄 인쇄 2014년 12월 12일

지은이 | 김계수
펴낸이 | 이수미
책임편집 | 김연희
북디자인 | 오진경
사진 | 윤광준
마케팅 | 김영란

출력 | 국제피알
종이 | 세종페이퍼
인쇄 | 두성피엔엘
유통 | 신영북스

펴낸곳 | 나무를 심는 사람들
출판신고 | 2013년 1월 7일 제2013-000004호
주소 | 서울시 마포구 양화로 156 엘지팰리스 1509호
전화 | 02-3141-2233 팩스 02-3141-2257
이메일 | nasimsabooks@naver.com
트위터 | @nasimsabooks

김계수©2013. 저작권자와 맺은 특약에 따라 검인을 생략합니다.
ISBN 979-11-950305-3-8 03810

이 책은 저작권법에 따라 보호받는 저작물이므로 무단전재와 무단복제를 금지하며,
이 책 내용의 전부 또는 일부를 이용하려면 반드시 저작권자와 나무를 심는 사람들의
서면 동의를 받아야 합니다.

이 도서의 국립중앙도서관 출판시도서목록(CIP)은 서지정보유통지원시스템 홈페이지
(http://seoji.nl.go.kr)와 국가자료공동목록시스템(http://www.nl.go.kr/cip.php)에서
이용하실 수 있습니다. (CIP제어번호: CIP 2013024987)

책값은 뒤표지에 있습니다. 잘못된 책은 바꾸어 드립니다.